# 上山

## 大唐詩人的傳奇故事

## AN ODYSSEY

吟光 著

謹以此書紀念王維

讀摩詰詩，這浮生，或許還有些意趣

# 序：穿越古色歲月去讀王維

讀了吟光《上山》的一些章節，不禁為之動容。之前聽她說研究論文是唐代大詩人王維，並沒在意，後來她說她把論文改寫、伸延成歷史傳記小說，未免有點愕然。原因是歷史人物傳記，坊間已為數不少。

讀了文章，心裏踏實得多了。作者膽識不少，她把陶淵明和王維放在一起評比，恍如一個出色的雜技演員挑戰極限，她筆走險招，考驗的都是真功夫！

王維和陶淵明，山水派、田園派的代表人物，是中國古代士大夫的兩大精神標杆。後人常將前者和孟浩然、後者與蘇軾連在一起，少有將兩者合併討論，而且所涉是迥然不同的人生體驗，而非詩歌解讀。

讀這部遊移虛實之間的「小說」，起初只覺處處迷障，令人暗暗捏着一把汗，直到完局，柳暗花明，洞然若昭，才算放下心中疑竇之石。

《上山》描繪雲起（原型王維）與枯淵（原型陶淵明）的關係和命運，展示古代知識分子的典型人生境遇，漫漶人文關懷、理想主義和浪漫氣息。作為傳記體小說，全書分為上、中、下三卷，每卷以上山歷程為開端，呼應文題；結尾轉換敘述視角，從另一角度重現人物關係，獨出機杼。

越過斑駁的古色歲月，再一次透視詩人的行跡，令人置身煙凝雨濛之間，難分時空。隨着文勢發展，讀者彷彿親歷急轉直下的時局：從開篇風雅集會盛行、自由開放的盛唐氣象——變為蠻人當政，國破草木深，禮義踐踏，命如草芥——而後王朝復辟再續氣脈，儼然已呈頹態。

法國著名作家莫洛亞（André Maurois）表示：「我力圖從傳記人物偉大的人生抽取富有小說情趣的細節。」相信作者是服膺莫洛亞的旨趣。在宏大的時代背景襯托之下，本書對一些小人物的刻劃具體而微、躍然紙上：比如主角隨從阿栗的一生，為誰所救又為救誰而死？又比如逃命的裱畫師王師傅，家族基業在政權更迭的大勢中顯得無足輕重，但他一心保護家眷的心思，教人感同身受。

重大歷史事件往往導致心靈巨變，就像安史之亂，王朝興替。然而更多時候，眼前功名與相關人事更能觸動人心。當第一次被貶的雲起（原型王維）站在終南山頂，望見江山如畫，同輩文人都聚集到京城中心，唯獨自己被放逐於邊緣局外，更難嚥下那份恃才傲物的不甘。那時候的他還不知道，往後將經歷比這更情難以堪的時刻：「他望着那條越去越遠的火龍，彷彿某種徵兆，熱血倒流心脈，卻又甚麼都說不清楚……

滿目荒寒，盡皆消融於讖言般的黑暗，唯獨那點鮮紅的火光明滅，幾要刺穿他的眼眸。」

雲起（原型王維）心繫文學事業，化用近代著名學者王國維明言：「治世之理想，一時一事也，不必執着；學問之功業，千秋萬代也，無他，以命殉之。」但在現實生活中，他卻沉湎於世俗功名的渾水而難以自拔。

與之相反，雲起的內心始終嚮往摯友枯淵（原型陶淵明）「悠然見南山」的境界。最後詩人還是摒除之前的妄念，回歸文學本色。他活成了陶淵明的樣子，長出了陶淵明的心，去除藩籬，回歸自我，上山的「山」或許是他的心鄉——有些人在世上走一遭，便是為了「上山」、「歸家」這個結局。而隨着光陰逝去，眼下芸芸眾生，你與我與他，終將成為史書上的一抹不經意的筆色。唯獨留下來的，便是這顆不死之心罷。

「深秋至，雲霧繚繞的東籬山腳迎來一位客人，已經年邁的雲起懷抱古琴，打算上山，尋訪故友。」這是本書開頭的「引子」，到了尾聲，他「猛然想起枯淵的無弦琴，自己雖然嚮往，卻從未懂得其中真諦——原來大象無形，大音希聲，無弦所致無聲，或許正合天籟之音的清微淡遠」。前後呼應，若合節拍。

晚年的詩人一洗沿華，有慧點美麗的明月相伴，最終覓到靈魂棲身之所——文心，也是人生一大幸事！

《上山》一書描繪盛唐眾生相和自由開放的社會環境，探討入世與出世、詩意審美與政治矛盾的調和之策：以兩個核心人物的對比，探足不同人生態度的軌跡——如何面對他人，如何面對集體，更重要的，是如何面對自我。這也是作者自況：「長久以來的困惑……以筆為戈，以文當歌，借抒古人之懷，可以知大地，可以明心鏡。」

作者吟光，畢業於香港科技大學的人文學院研究生，曾以羅旭的真名書寫文學評論，又以吟光的筆名撰著幻想小說，爾今，她又穿透時光隧道，傍及歷史題材，以流麗的文字呈現：既有古典色彩，兼備現代筆法，融匯成這樣一部新意之作，令人刮目相看。

**彥火**

二〇一九年七月三日

（原名潘耀明，香港作家聯會會長、《明報月刊》總編輯兼總經理）

# 自序

王維覺得他活來活去都是陶淵明的樣子。

作為盛唐聲名赫赫的詩人、畫家、音樂家和政治家，原型人物王維（雲起）出身名門，風姿鬱美，年少得意，為朝重用，更兼詩樂畫三絕，才華為時人稱頌。然而正如本書的英文名 *An Odyssey*（奧德賽），英雄歸家勢必受盡磨難，命運若給了一個人滿山的寶藏，便要給他長遠起伏的上山磨難。在安史之亂中，王維作為前朝名人被抓卻未選擇以死殉國，反而接受了安祿山的偽職，成為一代降臣。雖然他吃啞藥、瀉藥以稱病不出，甚至被關入菩提寺危在一夕，仍然免不了名聲有損的失節之嫌——這對中國古代士大夫而言，是難以洗刷的，註定要被釘在歷史恥辱牆上的。

歷史只會告訴我們：他做了甚麼。而我好奇的是，他如何說服自己，真能這樣去做呢？

作為文臣代表，王維有士大夫的才華、士大夫的氣節，也有士大夫的志向、士大夫的妥協，更有士大夫難以言明的心理自洽。因而這部作品集中關心的是：在起伏跌宕的歷史大勢之中，人物怎麼想的？晚年他禮佛修道，歸入山水，究竟是豁然的「行到水窮處，坐看雲起時」，還是無奈的「一生幾許傷心事，不向空門何處銷」？

與此同時，本書中還加了一個「穿越而來」的原型人物陶淵明（枯淵）——魏晉時期耿介、率真、不與世俗妥協的著名詩人。王、陶同為晚年隱居山水田園的藝術家，一樣的志趣高雅，博學穎脫，本該成為高山流水之誼的琴詩知音。然而，無論在真實歷史之上還是本文的虛構填充之下，我們可以看到二人性情和世界觀實乃同中有異。簡單來說，一個性平和，因而也軟弱；一個重風骨，因而也偏激。

陶淵明以「不為五斗米折腰」而聞名，一心隱逸，不戀世俗繁華。因此，眾人愛他，多過王維的不甘寂寞。但「五柳先生」晚年歸田園後貧病交加，「躬耕」是因為真的沒錢買糧，累及家眷不說，且要不斷在詩中自述其高節之志，或是為了說服世人，更要說服自己內心難以壓抑的慾望——這一行為是不被王維所贊同的：若你當真看透世情，何必多言？像王維晚年的山水詩，便是詩中無我，唯有山水。或許也由於，他善用積蓄買下輞川別業，衣食無憂，得以潛心藝術。在我看來，王維並非「不當官便不可終日」，而是身為家族長子、自幼喪父、寄居籬下還要照顧母親弟妹的經歷，讓他不得不負擔纍纍，沒有任性的資本。

因此，王維曾經評價陶淵明的行為是「一慚之不忍，而終身慚乎」，即一時的屈辱不能忍，反而招致終身屈辱。畢竟能屈能伸，是與世俗和解的一條路徑——王維本人便是這麼做的。

數千年後，儘管陶淵明被推為「古今隱逸詩人之宗」，仍有人提出和王維相同的質疑。美國漢學家宇文所安以一篇〈自我的完美之鏡：作為自傳的詩歌〉對陶詩進行了全面解構，指出陶淵明的《五柳先生傳》被時人視為寫心之作，但自傳中的「真實」只是傳主為說服讀者所刻意凸顯的表演：「它遮掩、模糊或者歪曲某些真正、被隱藏的本性。」宇文所安進一步認為，陶淵明在自傳詩中刻意塑造的「真實」面目，乃是對庸俗讀者的變相嘲諷。此等說法，受到陶淵明擁躉的激烈反對，卻仍是不容忽視的另一方視角。「隱逸之宗」究竟是耿介的「不為五斗米折腰」，還是偏激的「一慚之不忍，而終身慚乎」？眾說紛紜。

無論如何，不可否認的是，陶淵明身上那股子純粹自我，或許象徵了王維想做卻不敢去做的理想人格；而王維終生披戴的入世榮光，或許也是陶淵明想要而不可得的理想人生。

有時候，我們竭力想要逃避的人，正是心底深處另一個不敢面對的自己。

《上山》一書通過描繪盛唐眾生相和自由開放的社會環境，試圖探討入世與出世、詩意審美與政治矛盾的調和之策：以兩個核心人物的對比，探見不同人生態度的追尋——如何面對他人，如何面對集體，更重要的，如何面對自我。同時圍繞廟堂之上、鄉野之中多個圈層的其他人物，通過一個王朝的盛衰更替，也體現大時代風雲底下的宿命感。

需要注意的是，真實歷史上王、陶二人的不同，免不了受到時代環境的影響，但此文着重看的是個體抉擇。

其實，這也是作者自己長久以來的困惑……以筆為劍，以文當歌，藉抒他人之懷，可以知大地，可以明心鏡。因知道選題之大、之重，創作過程中數次到訪西安遺蹟，遍查古籍，做了不少案頭功夫，也請教過各方師友的意見。

那麼陶淵明（枯淵）是誰呢？王維（雲起）一生想要觸碰卻又逃開的對象，到底是誰呢？

在尾聲處，一切翩然揭曉。故人破空而來，以舊曲謝知音：原來當主角忠於自我之時，他便在場；當主角偏離自我之時，他便離席——他是詩心，也是抱有詩心的士子；他是情懷，也是千百年來踏上這艱險世途仍抱有情懷的人們……他還是花落，是草長，是小路盡頭的湖水，是天邊變幻的白雲……縱浪大化中，魂氣與山同。

「詩心在何處，東籬山便在何處。」

尋找自我需要時間，甚至是畢生的時間。當他終於焚了心，再問心，放下牢籠，提起前人留下的長明燈，吟頌光亮，這光就顯得格外動人。

縱要與惡龍搏鬥，但總可以揣起心底那縷畫意詩情，護住自己的情感和對情感的感知力，培養它，珍視它，才不至於成為了惡龍。

王維也許終究不是個高超的政治家，但他慷慨發聲，記錄下歷史文明的慨喟；他持火前行，以另一種途徑實現救人救己；他更將滿腔難酬的濟世理想，轉而為千秋萬世締造一個詩意的世界，在山水更深處找到出路，安慰了許許多多像我這樣掙扎的靈魂。

化用王國維先生在《文學與教育》一書中的話：「治世之理想，一時一事也，不必執着；學問之功業，千秋萬代也，無他，以命殉之。」

在最後，他還是活成了陶淵明的樣子，長出了陶淵明的詩心：去除藩籬，回歸自我。上山的「山」，或許是他的心鄉——有些人到世上走一遭，便是為了「上山／歸家」這個結局。而隨着光陰掠去，眾生芸芸，你與我與他終將成為史書上的一抹筆色。唯獨留下來的，便是這不死之心罷。

**吟光**

# 人物小傳

**雲起：**原型王維。出身名門，風姿鬱美，年少得意，一日看盡長安花。嘗膽臥薪世網故，身負罵名保百姓。詩樂畫三絕，晚年走向山水更深處，為千秋萬世締造詩意的世界。

**枯淵：**原型陶淵明。性耿直，志趣高雅，眼高於頂。理想主義者，躬耕避世，晚年貧病交加。

**玉真公主：**原型唐玄宗之妹玉真公主。聖上親妹，共經患難，兄妹情深，驕縱跋扈。

**聖上：**原型唐玄宗李隆基。儀表雄偉，多才多藝。晚年怠政失策，致使政亂。

**張子壽：**原型「布衣卿相」張九齡。忠耿溫雅，為蒼生謀，是眾臣的精神領袖。

**鹿陽：**原型「詩仙」李白和孟浩然。高才放曠，仙雅出塵，縱酒風流。

**明月：**原型王維友人裴迪。天機清妙，聰慧伶俐，在雲起低谷時陪伴，關鍵時刻發聲救命。

**少陵：**原型「詩聖」杜甫。憂國憂民，詩藝精湛，仕途不順，一生顛沛流離。

**幼麟：**原型唐朝詩人賈至。與時人廣泛交遊，才學出眾。

**蘭叢：**原型王維之弟王縉。隨兄出仕，官至宰相，平叛亂身為功臣，為兄替罪。

**康犖山：**原型「安史之亂」主謀安祿山。幼年喪父受欺，個性堅毅。得勢後暴戾自大，終如烈火被滅。

**李月堂：**原型唐代奸相李林甫。尚權術，口蜜腹劍，心機深沉。為鞏固地位，排斥異己。

**樂山：**原型唐代詩人白居易。尚實用，功利主義者。

# 目錄



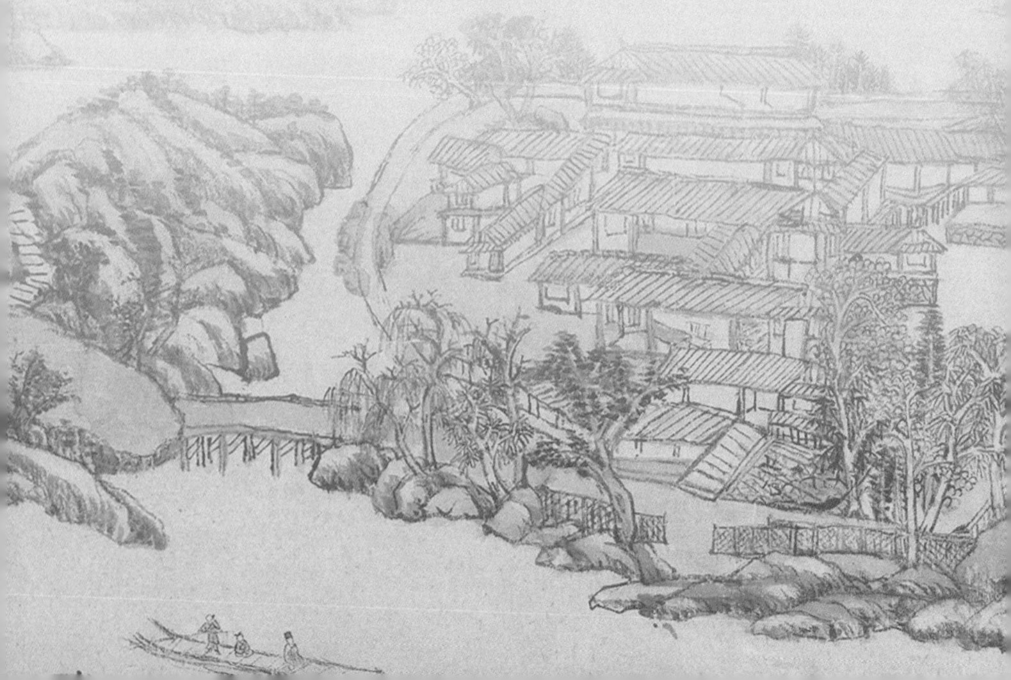

## 中卷・雲湧

## 下卷·天闌

# 上卷·風起

# 引子

秋色入深，半空殘喘幾片薄雲，東籬山實在陰冷到可怕。溪水淌不動了，野菊被晃得左搖右擺，幾近凋敗。天氣差至如此，山上人煙寥寥，只有北風從耳邊呼嘯的聲音。

急景流光，在山間拉扯成十年如一日。山色依稀如舊，但他早已不比當年。風霜侵蝕鬢角，紋路爬上面容，長袍及地，衣角被泥濘所濕也不在意。唯獨懷中的木琴剝落泛黃，一路抱來很是沉重。

記得上山前，在山麓處的茅草小屋，他遠遠見到那位婦人跪拜行禮，趕忙上前扶起：「我已無官職在身，還望不要拘禮。」

「天下誰人不知，丞相多次上表辭呈，皇上都沒答應。」老婦説着，雙手奉上舊琴，「先夫的囑咐，終於交到故人手中了。」

「這次真的請辭了。」他接過無弦古琴，卻見琴的漆面已成斷紋，龍鱗龜坼、流水蛇蚹錯雜相間，斑斕陸離，眼神不禁打了個恍惚，喟然嘆息，「這些年來，嫂嫂一直守着先夫的遺物，可欽可佩！」

婦人搖搖頭，佈滿褶皺的面上並無幾分悲傷，只有不盡的疲憊。

離身之前，他留下最後一句話，縹緲似山間白雲：「往後，還是稱呼我雲起公子罷。」

他還記得自己年輕時的別號，也記得那年與他的初逢。

# 品樂

那時他素來只着茶白袍衫，銀冠束髮，眉眼清洌勝雪，襟裾處紋上水墨色香草和白色滾邊，端的是一塵不染、美如冠玉。

又值一年風雅集會，熟悉的王府宴廳。

尚雅集者，集雅之聚，或焚香禮茶，或觴酌對飲，乘興揮毫，以文會友，以娛性靈。尚美之道，千古之風也。舉座者，書畫琴棋皆通。絲竹並奏的歌舞，吟詠辭文的表演，聲色犬馬的酒酣——這在王公貴族及文人墨客間甚是盛行，上至皇族，下至坊間，無一不追趕風尚，正體現了本朝繁華開放的盛世氣象。

說回此次王府集會，雲起雖然輩份尚小，但剛一臨席，就被擁上來的人群團團圍住：

「恭喜雲起公子，解褐太樂丞！」

「公子望族出身，詩名廣傳天下，無怪乎如此大才！」

「哎呀雲起來了！近日我譜作新曲，正待公子鑒賞。」

眾人正在客套，王府管家也擠了進來，滿臉堆笑：「岐王知曉公子喜好酥酪櫻桃，特意囑咐小人買來，請公子品嘗。」

面對擠上來的人潮，雲起面上一片親善，向每個人揖禮作謝，一一應和，回以淺笑。

忽而內屋簾席撩開，一位中年男子身穿紫色團花綾羅，腰繫玉鉤帶，昂首而出。

雲起當先迎了上去，拱袖長揖，雙手高舉過頭，腰彎及地：「見岐王。」

這便是當今聖上的親兄弟、歷任三州刺史與太子太傅的岐王了。當年他曾輔佐聖上奪權，功高位重，如今年事漸大，退出政壇，愛與後生文人彈琴娛興。

「免禮。」只見岐王一派雍容氣度，談笑間透着親切，「今日品評蕉葉古琴，料你一定比受官封職還要上心，故而早早到了。」

雲起低眉，雙手捧上褐色禮盒：「青嵐白露水，西山東麓茶。」

「西山白露？必是從你家鄉帶來。」岐王面露喜色，伸手接過，順勢一把扶起他，「還是你懂本王心思！」

雲起點頭示意，不過寥寥數言，但眾人已聽出他與王爺交情匪淺，自覺慢慢散開。

岐王眉間閃過一絲不易覺察的笑，或是看穿雲起不欲與旁人虛與委蛇的心思。但他也不掛懷，轉頭招呼賓客，吸引去了大半注意：「早春將至，本王幸得雅琴一把，設宴與諸友共用……」

終於躲過這批洶湧喧鬧，雲起偷偷地噓口氣。

環視四周，偌大的畫柱雕樑之內，焚着香，擺起盛大的酒席。來訪者都是些文人雅客、熟門舊友，但他今日卻全無興致。

因着岐王作引、貴人保薦的府試，雲起年方十八便摘得狀元及第，真乃春風得意馬蹄急，一日看盡長安花。前幾日聖旨剛下，授官太樂丞，掌邦禮國宴所用樂舞，對於初入仕道的他更是不低起點。如此重恩，特來赴宴謝過，也是應當。

本是欣喜之事，但為何，這心內總有幾分倦怠呢？

入京數年，花盡心力與諸王親貴、文臣士子交遊，終日聽着鐘鳴鼎沸之聲，雲起實在乏了。此刻終於得到寧寂，他不好飲酒，便給自己沏滿杯茶，細細品酌。

及至入席坐定，眾人舉杯互斟已久，忽聽門被吱呀一聲推開——只見板門晃盪不安間，一位青灰衣衫、頭髮披散的老者踏足而入。那人面如枯木，唯獨一雙星眸雪亮，目光炯炯，令人不敢直視。奇的是他並不望在場賓客，也不招呼，徑直走到角落，撈過桌上酒壺自斟自飲起來。

主人岐王瞥了一眼，並未發聲，當是默認了這不速客人。眾人見此，彼此對視一回，也不好明露嫌意，低頭交換耳語：

「如此不顧禮節，定不是我輩中人……」

「那還用說？瞧那破爛衣着……」

唯獨雲起望見老者模樣，驟然起身，反常地拉起酒盅滿杯，遙遙舉杯相敬，沒見那人反應，也不在意，兀自放下酒杯。

「泠泠七弦上，靜聽松風寒。」席間忽而有人出聲，「今日雲起公子在這裏，總不能辜負七弦蕉葉的美名，請君奏曲罷！」

眼見眾人紛紛附和，雲起推卻不了，只得拂衣起席。

蕉葉古琴漆色溫潤，制形渾圓，果然是珍貴的名器。雲起在琴桌前落座，嗅着一股黑檀木香，心境漸次安寧下來。

一曲《山居吟》簡短從容，調音圓潤，如山霧繚繞，繞樑三日徘徊不去；又似山泉瑟鳴，清清澈澈直濺入心。

琴曲雖短，但那音調蒼古恬靜，似與山月為伴，林木為友，枕流漱石過，鳥啼花落聲……只是這份清雅，落在熱鬧的席間終究平淡，不免顯出奏樂者的韜光之意。

「大山為屏，清流為帶，天地為之廬，草木為之衣，與世兩忘不牽塵網。所謂樂天知命者，不過如是！」一曲樂剛停，一位繫着乳白頭巾的名士高聲叫好，原來是校書郎樂山先生，「雲起公子之琴，盡其妙、述其志也。」

「樂山先生謬讚了，區區小技，難及前人高風。」這樂山與他是半個同鄉，為人周致，素來有幾分交道。雲起面上掛着輕淡的善意，致謝，退回席座。

「公子何必謙虛？」樂山卻不依不饒，回個禮繼續大聲言道，「以畫圖辨樂聲，公子的音律功夫早已名聲赫赫。有如此天資異稟的同鄉才俊，是我等之幸！」

席間響起讚嘆、議論一片。原來，樂山提及的確有逸事傳聞：

彼時雲起年少，有次路過東都洛陽一家酒樓的品畫集會，見到一群人正在欣賞牆上畫作。他也走近細看，原是一幅名為《按樂圖》的工筆畫，畫中樂師奏樂的神態逼真，栩栩如生。忽而有人冒出一句：「不知畫上樂師，奏的甚麼曲子？」

旁人聽了，嗤笑回道：「遠看山有色，近聽水無聲。這是一幅畫，隨手塗塗罷了，誰能曉得所奏何曲？」

雲起聞言走過去：「我且看看。」

眾人見大才子來到，忙起身讓道，好讓他看個仔細。雲起只瞥了兩眼便說：「此乃《霓裳羽衣曲》第三疊第一拍的情形。」

話音剛落，響起滿堂驚嘆，就連久仰雲起名氣的看客都難以置信：「看出曲名也罷了，還能瞧出奏到何處？未免太過誇大了吧！」

雲起微微一笑，也不辯駁：「若不信，自可請樂師奏樂以證。」

正巧酒樓有隊樂班子，當下齊鳴《霓裳羽衣曲》。客人們洗耳恭聽——一疊、二疊……及至將奏判定的那句，都瞪大雙眼，繃緊心弦。

雲起忽而泠泠發聲：「第三疊第一拍到了。」樂師戛然而止。霎時，眾人坐不住了，盯着《按樂圖》比對畫中人與現場樂師，其手腕指尖起落之處，與畫圖中所畫者……竟一般無二！

頃刻間，掌聲雷動，眾人無不嘆服。

這本是件稀鬆平常的賞樂雅事，相傳之後成了軼聞，雲起本不放心上，此刻被人提起，不禁有些赧然。

一片客套的讚賞過後，賓客們互相招呼、交杯作談起來。只那遲到的古怪老者聽完曲樂，神情微變，大約聽出甚麼，偏頭似在玩味。

忽地，卻見他朝雲起的方向舉杯，回敬般飲了一口。

雲起回座不過片刻，又有人過來敬酒。

那二人青色圓領袍衫，頭戴軟腳襆頭，打扮得一副儒生模樣，堆起滿臉飛笑，貼身熱切言道：「雲起公子的技藝果然高雅不凡，難怪得到岐王和公主賞識！未及弱冠便身居八品，若非奇才又是為何？」

雲起聽了這頗有深意的恭維話，臉色陡然黯沉下來，冷笑一聲，退後幾步語帶鋒利：「此酒不敢飲，此話不敢當！」

對方打了個哈哈，再度伸出酒杯：「公子過謙了。你的赫赫大名，天下誰人不知！」

他先提王爺公主，又故意說「大名」，暗指雲起借權貴攀高枝之嫌。雲起聽得刺耳，但終究按捺火氣，略略周旋幾句，堅言不勝酒力，落得對方不歡離去。

「當紅狀元郎，心氣果然不是一般的高。」

無論得不得勢，士人向來自視甚高。二子返回席間，果然沒好氣議論起來。

「跟王爺寒暄，不是熱忱得很嘛！」方才春風明媚的一張臉，此時卻橫眉冷豎，眼角斜斜撇起，「他傲甚麼？與玉真公主苟且之事，當誰人不知麼？」

旁邊幾人聽了這等閒話，無一不湊過來：「話可不能亂說？若是真的，這麼翩翩公子倒可惜了！」

「哪有甚麼可惜？」說話那人見博得注意，眉色飛舞的更起勁了，「若不是公主的裙帶，這樣年輕又如何輪得到上位？」

「如此這般，也沒甚麼值得羨慕了……」

這些碎語閒言，上座的雲起也不知聽到沒有。他並無反應，只繼續倒滿茶杯，瞇眼細品。碗內湯色碧清，香氣氤氳，解了不少鬱鬱之氣。

遠處的岐王目睹這一幕，皺了皺眉，也不便發話，酒過幾巡，先行離去了。

散席時分，雲起又被圍住，他恢復了耐心和細緻，一一回禮，眼神卻一直飄忽不定。角落裏的古怪老者只自顧自飲酒，待到人群散去，這才懶散上前，抱拳打了個招呼：「方才那曲倒意味深長，可惜恬靜有餘，蒼古不足。」

雲起眸中驟亮，像剛醒了過來，躬身作揖道：「能得枯淵前輩點評，是後生之幸。在下年少，比不上前輩的海納百川。」

「怎麼，雲起公子知道老朽？」老者很詫異。

「東籬山的雲霧，近來是否更濃些？」雲起的言語仍是淡淡，卻終於從眼眸深處流出笑意，「先生漫步於溪谷、鳴琴於山巔之風姿，在下頗為敬仰。」

「公子知道得不少，也不枉老夫回敬的半杯濁酒。」老者昂頭，「我雖嗜酒，卻不願與人共飲。」

雲起頷首，眉間微蹙：「前輩所言極是。若非會意之人，舉杯不過禮節。就像那《山居吟》，只有前輩聽得出高山流水之味。」

傳言中，枯淵也曾以才學聞名，後輾轉諸郡不得志而歸，躬耕避世。

雲起少年遊歷遠行，曾有交誼甚篤的友人鹿陽，共同漫遊吳越、窮盡山水，這鹿陽，正是出自枯淵門下。因此雲起得知枯淵絕世風姿，並非出自傳聞，而是親見鹿陽的高才放曠，料他師父必定仙雅不似凡人。誰知今日有緣，竟在這裏相遇，因看過鹿陽手書的畫像，雲起辨出了對方身份。

昔年枯淵琴瑟造詣最高，此次集會正以品評古琴為題——然而時過境遷，退隱已久的枯淵被人忘卻，年少名盛的雲起倒成了焦點，這正是他坐立不安的緣由。其實方才被邀奏琴，他之所以選《山居吟》，也是因為腦中閃過鹿陽最愛的《山居圖》。

見老者神情放鬆，雲起再次揖禮進言：「《山居吟》意境幽微，在下每每難盡其妙。聽聞當年，前輩退隱前曾絕弦一曲名動京師，令人好生景仰，如今可否屈尊指點一二？」

枯淵滯了片刻，終究不太情願地懶懶開口：「在節奏間多加揣測，更能盡其意。」

聽了這話，雲起若有所思，片刻便是展顏：「是了！我總在音韻間下功夫，不想倒忘了節奏跌宕。多謝前輩指教！」

枯淵聞言，面上攏起微薄的笑意，驅散幾分疏離感，暗自嘀咕：「世人皆言雲起公子與眾不同，原來傳言也並非全不可信。」

這番話說得古怪，雲起卻似了然於胸：「久聞鹿陽口中的謫仙大名，今日一見，果然不似凡人。在前輩面前獻醜，實乃班門弄斧。」

對方擺擺手，滿臉笑紋皺起，彷彿松木古舊：「別聽那小子渾說。我已經老啦，現在為了打發生計，成日下地播種，哪有功夫彈琴奏樂。早就棄置了！」

雲起卻嚴肅起來，長袖攏起：「前輩躬耕漁牧之境界，叫後生赧然。在下仰慕東籬山的桃源之境和無弦琴盛名已久，不知是否有緣一訪？」

無弦琴乃是枯淵最心愛的藏物，每有酒適，便取出撫弄，以寄其意。此刻被人言中，枯淵不免生出幾分動容之感。他收斂神情，正襟作揖道：「隨時恭候。」

往後枯淵想起來，他在這個年輕人身上，或許看到了鹿陽的影子，看到了某種發光特質，是自己窮極一生求不得的。

他出生於沒落的仕宦家族，曾祖曾是元勳重臣，到祖輩那一代卻已荒敗，自己耳聽往日傳聞，卻眼見今夕敗落，與名門望族出身的雲起極是不同了。

然而誰能料到，即便是看上去風光無限的人生，也會有深墜谷底那一天。

# 公主

回到京城居所，雲起立馬卸下一身公服，換上家常袍衫。

身為名門望族之後，長成於詩書澤溉當中，更兼十五歲離家赴長安，便開始了頻繁的赴宴從遊，應付如此局面也是常事。

本朝重文，開國以來推行開明的施政政策，沿襲至今。即便皇族內部爭鬥傾軋，整體國運仍呈富足之勢——四海之內，倉廩豐實；天下貨利，舟楫尤多。秉持盛世氣魄，中央對邊地民族與異國也承襲「愛之如一」的包容精神。因此，天子與文臣王貴、漢人與胡人之間的會飲唱和，不僅為點綴昇平，更是文化昌隆、交織貫通的表徵。

為顯兼收並蓄的胸襟，朝廷積極推行科舉制，以詩賦取士，廣納四湖百川。這股興盛之風給了文人讀書而仕、得遇顯達的機會，他們雲遊長安，謀求功名，聚集於宴會之上，或登臨、或痛飲，談樂論文，切磋技藝，每當詩情翻騰之際，還書寫諸多千古名篇、彈奏幾多雲河清歌——雲起也在這些人當中。

既然踏入官場，願意的、不願意的應酬必然少不了，乃是早有預想的事。不過回到這不大的二進宅院，總還可以做回自己。

這樣想着，雲起命人焚起香爐，又洗了把臉，頓覺自在許多。

「公子，門外有人送信。」阿栗是他從家鄉帶來的小廝，祖上都在族中侍候。他雖年紀不大，生得一副靈秀模樣，瞧見主子拾掇完畢，這才進門通報。

雲起拆開信件，但見泛黃的益州麻紙，心中便是一顫。果然是她。

坊間盛傳他與公主苟且的污髒話語，自從雲起受封官位以來，便聽了不少。自認通透的一個人，若是始終心頭掛意，或許因為真的有過甚麼罷！

遙想今年的京兆府試之前，雲起原本打定決心參加，卻聽到傳聞：有進士張九皋，常出入玉真公主門府，已取得殿試第一的許諾。他得知此事，不甘未比先敗，拱手讓人這狀元的名號。

壯志難酬縈繞心頭，教他終日鬱鬱寡歡，不知如何是好，於是問與岐王。

京城群賢雲集，雲起憑藉天機清絕的詩樂之才，漸漸闖出聲名，以至諸王駙馬、豪右貴勢，莫不拂席以迎。在這當中，尤以雅好音律的寧王和岐王最為親近，幾如師長。只是相較而言，岐王待人更為寬厚，因此雲起求助於他。

岐王聞聽消息，略一思索便有了主意：「公主乃是貴人，不可強與之爭。此事聽我籌劃！」

於是沒過幾日，同樣岐王府設宴，受邀者正是手握權勢的玉真公主。講來玉真公主，與當今聖上一母同胞。早年還是皇孫的時候，因為母親的緣故很不受寵，歷經嚴酷的宮廷爭鬥，幾乎難以存活。他們另一異母胞妹永泰公主，就因駙馬忤逆皇祖母的男寵，夫妻皆被誅殺，連他們懦弱的父皇也保不下來。

後來聖上武力奪權，登基稱帝，與其共患難的玉真公主因着兄妹情深，逐漸在朝內肆意跋扈起來，比起諸位王爺，甚至有更大的勢力。她出於早年經歷，厭惡爭權奪勢的漩渦，將心思放在尋樂飲酒、求仙問道上。不過正因如此，天下沒幾個男子她瞧得上眼。曾有過一個駙馬，後來也不得善終。

這些舊聞軼事，旁人能說得，也能聽得。這位公主氣度非凡，並不在意流言。此值宴會觥籌交錯間，岐王笑談自己近日偶遇佳曲，欲邀皇妹一同賞鑒。玉真公主素來喜好音律，欣然允之，步入上座。

卻見岐王不急不緩地斟滿酒杯，一飲而盡，而後打了個手勢。廳內款步走出一位懷抱琵琶的少年。

彼時雲起妙年潔白，眉目清朗，身着王爺親自挑選的錦繡華服，風姿鬱美，幾如凝脂美玉雕製而成。他手中的五弦琵琶以花梨木製，琴頸細長，彩繪紋飾。向眾人施禮過後，他落落行至樂廳中央，引得那見慣風流的玉真公主也神色青睞。

「此人不似伶工！」公主轉頭問向王兄，「不知何許人也？」

「皇妹好眼力。」岐王拈起鬍鬚，朗然一笑，「乃是本王的知音。」

再回看處，少年人轉軸撥弦，獨奏新曲。撥弄風雨之間，頃刻大廳內便覺琴鳴共振，清音交錯——明快處似山澗落石泉，清越空靈；哀切處如大雁嘯長空，慷慨悲歌……取法彌高，兼得樂而不淫，哀而不傷。忽聽顫音嗚咽，以吟揉琴弦渲染氣氛，更添扣人心神。

一曲終了，滿座為之動容，連先前暗中生妒的樂工們都瞠目結舌。玉真公主也深受震顫，驚詫問道：「此曲何名，為何從未聽過？」

雲起揖禮起身，溫言相答：「回稟殿下，此曲是小生近日所作，名為《鬱輪袍》。」

岐王見此，在旁續言道：「皇妹有所不知，這位公子不僅琴樂精妙，詩詞書畫之高超更是舉世難及！」

縱是眼高於頂的公主，此刻也難掩訝色：「果真？可有詩作欣賞？」

聞聽此言，雲起放下琵琶，雙手奉上懷中備好的詩稿——正是聽岐王所教，事先手書之清越舊詩十篇。

大約被那樂聲所懾，或是明眼人都看出這場戲到了最精彩的一幕，作陪賓客無不閉口噤聲。

紅豆生南國，春來發幾枝。
願君多採擷，此物最相思。[1]

紅豆之樹長在南方，每逢春日生出多少新枝？憑君多加採摘，因它最能寄託相思。詩人用相思囑人，而自己的相思見於言外——婉曲動人，語意高妙，可謂超以象外，得其圜中。

靜謐的王府之中，公主翻閱覽讀，眼光落到詩行上頓感發亮：「表悵悵然之意，言辭卻清麗無雙！這些我素日誦習的詩句，以為是古賢佳作，不知竟出自當世才俊之手！」

雲起低眉順眼，沒有答話。

水開了，澆入茶壺，升騰起繚繞的雲霧。恍惚間，座下人的面目竟是看不清晰……雖然近在身前，卻彷彿隔着一道悠長的歲月。

良久，玉真公主長嘆一口氣，吩咐下去，令其再更儒衣，以貴賓之禮善待。

升上客座的雲起神情如常，依舊進退有度地向諸君敬酒、回禮，侃侃而談，風流蘊藉，時而語出妙雅，引得滿座賓朋附聲叫絕。

那人群中的身影時近時遠，彷彿整個長安的光都凝結住了……直至此時，玉真公主才從驚譽當中回神，心猿意馬地與身邊王爺相問：「如此才士，從前我竟不知！為何不去應試科考，一展所長呢？」

岐王終於等到這句話，面上做出痛心疾首狀，長聲嘆道：「不瞞皇妹，此人雖性子平和，實則心高於頂，若非能登榜首，決不赴試。而今聽說科考頭名已由皇妹許與他人，恐要失此良材……」

玉真公主聞言愣了片刻，忽地展顏而笑，兩道娥眉高高挑起：「此事不難，他也當得起這頭魁！」

岐王大喜，忙招來雲起謝恩。

俯身跪下的時候，他並未抬眼，卻清晰感到頭頂傳來兩道炙熱的目光，不禁打了個寒戰。[2]

後來種種，似是順水推舟，雲起果然一舉登第。

高中狀元，一時間欽慕者有之，妒恨者有之。有恩於他的玉真公主顯然動了心思，但並未以身份壓之，而是時時寄信相邀，彈琴表意。或有逾禮之舉，卻被雲起有意無意地婉絕了。

坦誠而言，想起這位不讓鬚眉的奇女，雲起有幾分欽佩，也會時時感懷。尤其他沒料到，她雖不擅筆墨，對詩文樂賦卻有着敏銳感知，對自己的傾慕更是溢於言表，教他頓生知音之感。然而坊間閒言碎語聽得多了，心中難免還是生了嫌隙。

九歲知屬詞，十五進長安，詩樂畫皆絕，名動京師，眾人交讚——要說沒幾分傲氣，那也是假的。好不容易得個狀元名，卻被說成是靠色相，教他如何嚥得下去這口氣？

手頭的黃色信紙被揉到近乎破碎，決心卻怎麼也下不了。

每次找他，公主並未派人來召，已是顧及他的面子。這些，雲起並非不知。這樣想着，雲起踱步來到書桌前，望見桌上鹿陽的畫作，忽然想起今日所遇。那枯朽老者的模樣從腦海中升騰，彷彿琴音再起，東籬山的景象恍惚眼前。

他興致驟起，蘸墨提筆，洋洋灑灑一篇長詩即出：

漁舟逐水愛山春，兩岸桃花夾古津。
坐看紅樹不知遠，行盡青溪不見人。
山口潛行始隈隩，山開曠望旋平陸。
遙看一處攢雲樹，近入千家散花竹。
樵客初傳漢姓名，居人未改秦衣服。
居人共住武陵源，還從物外起田園。
月明松下房櫳靜，日出雲中雞犬喧。

驚聞俗客爭來集，競引還家問都邑。
平明閭巷掃花開，薄暮漁樵乘水入。
初因避地去人間，及至成仙遂不還。
峽裏誰知有人事，世中遙望空雲山。
不疑靈境難聞見，塵心未盡思鄉縣。
出洞無論隔山水，辭家終擬長遊衍。
自謂經過舊不迷，安知峰壑今來變。
當時只記入山深，青溪幾度到雲林。
春來遍是桃花水，不辨仙源何處尋。
3

遠山近水，紅樹青溪，一葉漁舟順溪而下，在夾岸桃花中悠悠前行。花樹繽紛，教人忘卻趕路；青溪盡處，隱約不見人煙。走入那幽深曲折的山口，豁然開朗是一片平川。遠望綠樹如雲霞聚集，進村又見翠竹掩映。

在這桃源村中，村民世代聚居田園，喚的竟是漢代姓氏，穿着亦不改秦代衣裝。明月朗朗，松下房櫳寂靜；旭日初升，村中雞犬聲鳴。

見漁夫來到，村人訝異地迎接外客，爭相詢問世間消息。黎明街巷，家戶打掃花徑；

薄暮溪邊，漁樵乘船回村。

原來當年因避戰亂，他們逃出塵寰，尋到這桃源仙境，從此不管外間變化。世人求訪異境，不過是空望雲山。

漁人相信此地乃是靈仙之境，但他凡心未盡，徘徊猶豫許久，終究還是離開了桃源。然而離去之後，他又不免心生掛念，日思夜想，終究決意辭家，不顧隔山隔水，再回仙源。

自以為來過的地方不會迷路，怎料山峰峽谷全都變了模樣。當時記得山徑幽深，沿着青溪幾回彎曲才到雲中山林。此刻恰逢春季，遍地桃花漂水；仙源何處，竟是杳杳不辨歸路！

長詩畢，雲起秀眉鬆弛，久嘆一聲，終於出盡胸中鬱氣。

夢中仙境，泛舟長遊，終歸是無緣得去。但畢竟可以詩歌詠之，權當自己也走過一遭了罷。

這樣想着，雲起拿出信封，裝入此詩，而後喚來阿栗送信。

「送去公主府嗎？」

「不。送去東籬山枯淵草屋。」

「啊？」阿栗沒有反應過來，愣了愣。

雲起溫和地揮了揮手，也不解釋，只說：「去吧。」

處理完這些，他再次回到桌邊，拿起黃色信紙細細斟酌。

他是家中長子，未及成年便獨自出外入仕，不能說不勇敢。但他終究勢單力薄、人微言輕，若要真去得罪皇族恩人，如何能太勇敢？

正在雲起猶豫間，阿栗去而復返，行禮後向他進言：「剛接到家中傳書，太夫人、二少爺和夫人已在路上，不日就要進京。」

「知道了。」雲起面上淡淡的，心中卻是妥帖下來。離家數年，如今一朝中舉，又有官職傍身，算是大抵安穩了，這才傳訊接來故鄉的家人。

「公子……」阿栗言語猶豫，還是問了出口，「那玉真公主的信……」

雲起皺眉，轉而念起自己的髮妻。

那樁婚事雖是家族媒妁之言，且他剛一成親便離家進京，感情其實不算深厚。但是想人家閨秀女子畢竟嫁給自己，如今又要跟來，怎好讓這風言風語再傳下去？且畢竟是高門大族，若是母親聞聽此事，必定也會不悅。

一念至此，雲起終於下了決心，提筆揮墨，回信一封，着阿栗送去公主府。

「真要如此嗎？」臨走前，阿栗再次回身詢問。雖未看信，但他儼然猜出了公子心意。

「去吧。」

就在這封信送出的途中，公主府內正歌樂昇平。華麗大殿之上，十數位樂師坐立相交，合奏《鬱輪袍》，絲竹和鳴而響。

都是精挑的上等樂師，座中玉真公主卻還面露不滿。只見她攢珠金帶，豔服壓身，百鳥毛織裙在日影交迭下變幻着顏色，眉心的紅梅花鈿忽隱忽現，彷佛畫中的絕麗仙女。

然而任憑席下仙樂裊裊，公主卻心不在焉懶看表演，以手撐頭，眼神懨倦地飄出窗外。

他何時才到呢？是靈感突至在寫新詩嗎？這次，等待似乎比以前更久了些。

憶往日府內交道，聽公子妙手起曲、花間聯句，那才當真是繞樑不絕，激盪她的心扉。想到這裏，玉真公主甜蜜地笑了。相比起來，這些宮廷樂手彈的都是甚麼玩意！

「報！雲起公子的信到了。」

公主一掃倦意，急急從座中走下：「快，快呈過來！」

打開信紙之前，她還滿心欣喜，想來自己猜中，必是才子有詩要獻。難不成是寫給自己的嗎？

此刻柔腸百轉的玉真公主絕料不到，這竟是一封與君決絕之書。

1 出自王維《相思》，又名《江上贈李龜年》。
2 故事出自唐薛用弱《集異記》。
3 出自王維《桃源行》。

# 愛別

邁進官邸大宅的時候，抬頭望見斗拱，黑色石磚交叉出複雜形狀，雲起忽然有那麼一刻的晃神。他能在這裏待上多久呢？

太樂署隸從於太常寺，直接晉屬中央系統，作為宮廷雅樂的管理機構，是處於核心位置的清要官。每有郊祀朝會及祭祀禮儀，以樂懸、登歌及文武《八佾舞》相供；及至國家饗宴，則安排相應級別的樂舞表演。如今本朝與西域、中亞、西亞諸國相好，互通頻頻，傳入北方燕樂和波斯等樂，也交由太樂署研習。

本朝以天子為首，極重音律雅趣，文人、樂師之間的合作盛極一時，名篇經樂工譜曲而廣為流傳者甚多。聖上還曾親作《霓裳》樂曲，授以貴妃伴舞。因此這小小樂官，雖然品級不高，但能出入宮禁、侍奉天子。大約公主驚嘆於他的樂技，故而作此安排。

記得第一日就職時分，三更剛過，雲起便早早起身，跨越整個京城前去上朝。他的府院離得遠，就算騎上快馬，也要一個多時辰。

位居雲起上級的太樂令，老人家年事已高，奏請不上早朝。而在他之下，又無人達到面聖級別。因此整個太樂署，出現在朝堂之上的只有雲起一人。

碧綠袍服，瑜石銙帶，原本不低的官職丟在這大明宮處，卻是人群中最不起眼了。雲起等在午門之外，雖然犯困，卻不敢揉那惺忪的眼睛，生怕被說儀態不整。

「雲起公子？幸會幸會，初次於於大明宮相見……」

「李公萬福。」

初次入宮他有些怯怯，即使是路過的同僚招呼，也不過拱手還禮，應允一句便不意多言。這等姿態，加上狀元郎的身份，落在旁人眼裏，卻成了恃才傲物的樣式。

雲起年紀雖輕，因了少時的經歷，對人情世故卻是很通，餘光掃過兩眼，就知道他人的心思。然而此刻自己的胸中忐忑，讓他憊於理睬這些。

五更鐘響，頭戴紅巾的宮人立於朱雀門外，送喊報曉。正門開啟，九天重疊的宮殿迤邐鋪展開，深邃偉麗。百官依照官職大小依次進入，隊伍拉出許長。

行了半刻，初升的日色剛剛照到殿角，只見一扇形屏障的儀仗隊自廊廡的方向迤邐而來。御爐的香煙裊裊而起，盡皆飄向正中那人的袞龍袍繡。

通報之聲響起：「聖人至！」

當今聖上身着翠綠雲裘，遙隔遠遠的人群，看不清樣貌。

雲起想起初次面聖，也是在這含元殿內的御前殿試。受公主所託，聖上對自己還算客氣，但大約以為他只是個玉面小生，言語間有些輕薄，直到後來聽了他上呈的詩句，再望望他不亢不卑的神色，方才動容。

而他儘管禮數周全，自始至終卻不抬頭。

他不願居於人下。

那人雖是天子，要奉以世間的至尊禮儀，但自己心底總存有幾分執拗。

雲起無法像鹿陽那般「天子呼來不上船」，但畢竟，可以避開眼去，假裝看不見這一切。

就像那日聖上的另一位兄長——寧王府中的宴會之事。

寧王原是先皇長子，但當今聖上在政變奪權時的功勞和聲望很大，於是寧王禪讓太子位，成日擊球鬥雞、尋音聽樂，落得個富貴王爺之身。

那日席間，寧王酒至半酣，興致突起，召來自己的寵妾與眾人相見。此女原本是民間賣餅者之妻，長得纖白明媚，姿色絕佳，寧王一見注目，厚贈其夫奪來。此時離她入府已一年有餘。

只見那酒醉的王爺斜眼摟過美人，醺醺問道：「你還念着你的那賣餅夫君嗎？」

當時王府之中有座客十餘人，多是些文士雅客，觥籌交錯之間，都玩笑般地望向女子。誰料她竟默然不語，登時一片尷尬。

寧王不悅，即刻令人召來賣餅之夫相見。本以為女子耽於富貴日子，早已瞧不上糟糠夫君。但此女注視着舊日愛人，仍然默不作聲，卻已是雙淚垂頰，情難自勝。

眾人遇此情景，無不心頭淒異。寧王見狀，冷笑數聲，順勢命人賦詩。

雲起心有所動，憶起數多年前一位不忘舊恩的息夫人，隨即作詩而出：

莫以今時寵，而忘昔日恩。
看花滿眼淚，不共楚王言。[1]

春秋時期息國君主的夫人長相極美，人稱「桃花夫人」。後來楚王滅了息國，將其佔為己有，還生了兩個孩子。然而息夫人感懷前人、望花落淚，始終不願與楚王說半句話。

此詩巧妙以息夫人的史事設喻，寫女子不慕寵幸、不忘舊愛之決絕——寥寥幾語，便勾勒出一個飽受侮辱損害、仍然心意堅強的形象，彰顯出淫威與富貴並不能征服人心的主旨。

誦讀完畢，滿座盡是嘆服之聲：

「好！此詩渾然而出，令人動容，實在太好了。」

「如此詩才卓絕，不愧是雲起公子！」

座中的寧王眼底倏地冷了一冷，面上卻現慈悲，也起身為他叫好，甚至當眾將愛妾還給賣餅人，博得善名一片。[2]

事成之後，世人皆讚雲起公子才高心慈，唯獨他暗自後怕。他分明察覺到，寧王身上那一瞬間的凜然，不覺心中生畏。

可他委實學不會隱藏自己，尤其在詩行當中。他無法不表達。

思緒回到太常寺內。

時至如今，雲起在這府衙內外周旋已久，不論是上朝禮拜、交往應酬，都習以為常。太樂署內的工作，除了負責祭祀朝會的雅樂表演，還要調和鐘律和雅樂宮調，執掌樂工學習，管理樂人簿籍。本朝雅樂相容胡漢之調、古今之調，崇雅亦好俗，厚古亦好今，更着力援俗入雅、援胡入漢，譬如《破陣樂》加以龜茲樂，《上元樂》源於西涼。因此採集外族新聲，鑽研華夷交融之道，亦是樂師所轄術業。

其實排演樂舞並非難事，樂理研習更是雲起專長。然而萬事當中，最難在同僚交道。即便是宮廷樂署，也總有人存心插入暗樁，提攜幫派。而上司太樂令居高位已久，見着底下人爭鬥，看似懶散不管，實則暗中推波。這一點，雲起並非不知，只是面上裝出和善的樣子，不願參與罷了。

然而現下，他已是泥足深陷，無法抽身。

「報，令書至！」

宮人高高舉起那金黃令書，徑直朝雲起而來。旁人紛紛避讓，露出嫉羨交加的神情。

太常寺身為掌管宗廟祭祀的府衙，經常接到聖意，只是一般多為公事，直接交於太常卿與太樂令，極少越過上官，直接遞給他這樣的新人。

「玉真公主有令，請太樂丞雲起公子，前往公主府一敘。」

雲起跪到地上接令，就這樣在眾目睽睽之中離了府。

「堂堂公主面前的大紅人，果然不一樣啊！」

「那可不，要不怎麼年紀輕輕就能入職高位。」

「瞧那白嫩模樣，難怪入得公主青眼，我等老朽是比不上了……也不知道這麼着急忙慌去做甚麼……」

雲起從冰涼的地上爬起，聽到身後紛紛議論，也瞟見無數眼神。他用力拍掉沾染在長袍上的灰塵，昂起頭顱，看也不看那群指點之人一眼，背着手踱出了門檻。

公主府原是道觀形狀，青瓦紅牆，雕欄畫壁，洞中開日月，窗裏發雲霞，與主人的奢麗品趣相映。滿院瓊花樹茂密生長，當中有幾枝偷偷探出牆來。

這玉真公主雖入了道，住所卻建得比皇宮還華麗，不僅建造許多山水景致，而且開銷用度一律照皇家標準，棟宇之盛，舉目無人與比。以至有大臣專門上奏，勸誡不應靡費國財，但聖上因為偏愛，總是不管。

當雲起邁進別院拾翠殿的深處，卻着實吃了一驚。

那滿桌殘剩的杯盞、瀰漫的酒味，似乎昭告着主人宿醉未整。更為驚駭的是，記憶中玉真公主總一副娉婷裊娜之態，此時卻臥倒於花鳥臥榻上，裙襬被酒水沾濕在地，絕麗的狀色也頹了大半。

雲起忽然有些心虛，不易察覺地皺了皺眉。他不敢再看榻上之人，低頭行禮道：「微臣雲起，拜見公主。」

「你來了。」過了許久，榻上之人方才悠悠轉醒，聲音極輕地應道，「你終於……肯來了？」

他心中莫名開始發慌。

三番五次婉拒對方的邀請，是為隔開距離，免得那些閒言碎語敗壞自己名聲。然而如今，望見公主這番模樣，他又狠不下心來了。

方才被強召進宮所受的屈辱之感慢慢散去，雲起放緩語調，柔聲回稟：「微臣任職太樂丞，事務繁忙致使失約，罪該萬死。自臣入京以來，公主殿下一向多有助益，如此隆恩，此生難報。」

他這番話說得誠恐，卻也誠懇。

「罪該萬死？承認過錯卻決然不改是嗎？」玉真公主強撐着直起身，向俯在地上的人投去一瞥，「你真以為本宮不捨得殺你？還是捨得殺你？」

這話問得古怪，雲起略一沉吟，卻也朗朗作答：「公主殺與不殺都是厚愛，微臣死與不死皆難報恩。」

「哈哈哈，說得好，不愧是大才子！起來吧！」榻上之人聞聽此言，竟然盡掃頹態，縱聲長笑起來，朝門外吩咐道，「來人，將這裏收拾收拾，呈上新到的普洱茶。」

他拜謝起身，抬頭望向公主。

雖有疲色，她仍是膚如凝脂，眉眼生春，雙眸好似載了一汪春水，柔情千萬。四目相對，雲起慌忙轉開視線。

婢女很快整齊殿內，端上熱茶，燃起香燭，總算驅散了室內的酒味。玉真公主摒退左右，偌大的殿堂再次留下他二人。

「你才學出眾，能得陛下重用，這才是成事根本。本宮只不過牽線搭橋，何足言謝？」公主忽然柔聲嘆道，「更何況你當知道，我想要的也並非謝恩……」

女聲低弱下去，男子的聲音卻遲遲未接上來。接着是許久的沉寂。

「公主厚愛，感激不盡……只是微臣……」雲起一語未畢，放下茶盞再度拜禮。

「你要說甚麼?信中能寫,當面難道不能痛快說出!」

「殿下恕罪,微臣萬難接受。」

玉真公主的臉色先是期盼,轉而憂愁,淚水悄然盈滿眼眶。雲起趴在地上,左右為難,額上已是汗濕了一大片。

公主輕咳一聲,以衣袖拭去淚珠,慢慢言道:「本宮年歲大了,再嫁之身,難免遭人棄嫌……」

雲起聞言,嚇得俯身行禮,額頭重重觸地:「公主何出此言!殿下天潢貴冑,金玉尊貴之身;千般裊娜,萬般旖旎之貌。能得青睞,實乃臣三生榮耀!只是不敢欺瞞,微臣來京城之前,家中已有婚配……」

公主面容沉鬱,默不作聲,忽而仰首長嘆,兩行清淚流了下來:「這是你的真心話還是敷衍?就算有婚配……你知道我並不在意這些!」

聞聽此言,雲起心中抑制不住顫動了。

他見過玉真公主縱情花酒之間的豪爽之風,也見過她談笑群臣之中的政治手腕,總以為她是高高在上的,金光萬丈的——供他仰望,與他福澤,卻也施他壓迫。然而此刻,她卻成了陷於情愛的傷心人,那脆弱的、無奈的,卻也決絕的姿態,使他不忍傷之。

她洞明是非,知道自己不過隨手拈來一個藉口。然而愈是這樣的洞明,愈讓他想要退卻。

「我聽說，就在送來訣別信那日，你同時還送了封長信去東籬山，是嗎？」

雲起正在天人交戰，忽聽玉真這樣冷冷說道，一時沒反應過來，抬頭探究地望向玉真公主。

玉真咬了咬唇，明眸皓齒已被淚水沾濕：「你是覺得，我不配聽你奏樂、讀你詩文，不配做你的知音嗎？」

女子看上去一臉沉痛，但雲起心頭的幾絲憐惜卻頃刻轉為惱火——她怎可以派人監視自己？

皇族中人，果然仗着權勢無不可為！

此刻對方提及枯淵，倒教他想起昔日枯淵的辭官舊事。

傳說當年，州郡刺史遣督郵視察，時任縣吏的枯淵本應束帶見之。然而督郵粗俗傲慢，百般為難，令得枯淵喟然歎息：「我不能為五斗米折腰向鄉里小人。」即日解去印綬，寫信離職，彼時傳為逸事。[3]

一念至此，雲起定了定心神，以一股豁出去的態勢回道：「公主殿下達理通情，深諳男女之事最重諾言，想來也不願微臣做違背婚諾的負心人。何況殿下聰慧，當知你我，非一路人啊！」

「你說甚麼？」再三剖白仍是被拒，玉真公主此時也坐不住了，抹了把淚，口不擇言地道，「那夜之事……你忘了嗎？你不負她，卻要負我？」

「殿下……」雲起沒料到對方竟會如此相提，噎住半刻，卻也更加堅定地咬牙，「半夢半醒間的酒醉之舉，是微臣過失，請殿下降罪責罰！」

「酒醉之舉？你的意思是我設計逼迫的，而你並不情願了？還敢妄言責罰，是不是吃定本宮不忍對你下手？」最隱僻的心事被戳破，公主哪裏受過這等羞辱，勃然變色，抬手丟下盛滿熱茶的杯盞，「不知好歹的東西，以為這天底下就你一個才子了嗎？」

即使滿臉被水燙傷，衣上也沾了茶屑，雲起還是忍辱低眉，只在言辭中加了鋒利：「臣願殿下早日找到意中良人，同心攜手，鸞鳳和鳴。」

「哼，瞧不出你這瘦薄書生，竟有如此骨氣。」玉真公主眼神明滅不定，玉齒一咬，「今日此言，日後莫要後悔！滾吧！」

他三度施禮，保持着最後的禮數周全：「謝殿下成全，微臣告退。」

雲起走後，拾翠殿重又密佈着幽冷氣息。

高座之上，公主再耐不住脾性，反手摔翻了餘下所有的杯壺。

在一片丁零咣當聲中，那絕色之人終於伏案大哭：「負心之人……這天底下被你負了心的人，又何止那一個……」

見此情狀，一直候在殿外的領頭女官雲燕進來相勸：「公主殿下保重鳳體。連夜宿醉已久，奴婢扶您回房歇息罷。」然而卻被玉真公主一把推開。

「服侍本宮洗漱，稍後進宮，我要覲見皇兄！」

玉真公主的聲音恢復了威嚴，甚至隱隱還有一絲可怖。

---

1 出自王維《息夫人》。
2 故事出自孟棨《本事詩》。
3 故事出自沈約《宋書．陶潛傳》。

# 中計

這日，晨光微露，整個長安還籠在夜幕之中。雲起縱馬揚鞭在進宮早朝的途中，心中惴惴不安着一件事。

那次他以晚輩姿態給東籬山寄去詩作，誰料枯淵並不置評，而是寄回了一卷畫軸以覆。接到畫作之時，雲起很是詫異。

阿栗在旁展開畫軸，只見半幅雪景圖呈現眼前——素白的風雪覆蓋天地，正中一位長襖及地的男子，長袖背手，獨立於雪路中央。他感慨忽起，在畫幅旁側題書一首。

待鴻雁傳回雪景圖之後，時至今日，隔了數月都沒有回音。想起這事，雲起不禁憂心自己有所冒犯。畢竟他跟枯淵只一面之緣，發如此應合之語，是否妥當？

奈何好友鹿陽不在京城，不然倒可與其商量一二。那個遺世獨立的老者，也就同樣闊達性子的鹿陽與之相熟了。

或許擇日，該趁着旬假去一趟東籬山，親自登門告罪吧。

他秀眉微動，心中計算時日。轉念又記起，母親帶着妻子和幼弟即日進京，還是應安頓家人為先，只得把這一打算暫且擱下。

雲起胸中起伏不定，一路上不免有些失神，直至行到宮門口，這才發覺時辰已過！他惶急下馬，匆匆整理儀態，跟宮人軟語幾句，奔進殿內。

正值百官朝拜之際，烏壓壓的人群跪倒一片，想來不會被發覺。雲起想着，正自舒了口氣。

「何人殿前失儀？」不料轉眼之間，有一渾厚聲音自大堂上方而來。

雲起慌忙俯身，稽首禮拜，雙手圈合於面前，五體投地跪拜道：「太樂丞雲起，參見陛下。」

「雲起？」換了個略為頓挫的音調，他知道這才是當今聖上的聲音，「大才子嫌早朝誤眠，可惜這規矩就是天子也不得逾越。看來，你連朕都不放眼裏了。」

「微臣不敢，請陛下息怒！」天子儀表雄偉，語氣中的怒意叫他不安。即便失儀不整，也不該如此重責，必是今日撞上甚麼逆鱗了。

「哼，不敢？」聖上冷笑一聲，劈頭丟下一本奏章，「黃獅子者，非一人不舞也。這條規矩你莫不是也忘了吧？」

雲起登時冷汗涔涔，趴在地上打戰，不敢去碰那奏章。

《五方獅子舞》是太樂署擅排樂舞之一，由龜茲傳入中原，起勢緣於佛經：「佛初生時，有五百獅子從雪山來，侍列門側。」十人扮演五頭獅子，綴毛為衣，各立一方，表演俯、仰、馴、狎之容態，旁邊兩個執紅拂子的獅子郎，作牽獅習弄之狀。還有一百四十人奏《太平樂》，樂有篳篥、笛、拍板、四色鼓、楷鼓、羯鼓、雞婁鼓等器，場面壯闊熱烈，是聖上最愛醉坐笑看的演出，還曾親自規定，黃色獅子位於中央，其他四方的獅子各為青、赤、白、黑四色，分別代表東、南、西、北。在此當中，黃獅子專為皇帝而舞，照例不得私自娛演。

雲起在腦海中迅速掠過近日情狀，想起確實有屬下向他奏請排演，聲稱是岐王要求，並且得到了上司太樂令的親口指令。他雖覺此事不妥，但初來乍到不便樹敵，更何況恩人岐王之事，便不得已批允了。

其實隱隱當中，他亦懷疑有人故意設計。但這些日子自己被玉真公主逼得緊，此椿差事又是公主所賜，滔天的人言教他生畏，因而想將計就計，就算犯個小錯被追查，卻也正好調開職位，脫離公主的蔭庇，得回清名。

只是他全沒料到，事情比想像要嚴重更多。太樂署的小小演出事故，居然鬧到金鑾殿前了。正巧岐王今日被徵調離京，未有上朝，而往日與他最是親近的樂山等人，此刻卻也噤口不言。

四周是一片沉寂，連雕樑玉柱都在漠然旁觀。偌大的殿堂之上，竟無人發聲。

「臣……臣冤枉啊！」

又是之前那個渾厚聲音，一副大義凜然的姿態，出自最得勢的首輔宰相李月堂之口：「冤枉？你敢說這批文不是你親自簽發，還是說這條規矩定錯了？若非你太常寺的同僚檢發，便覺可以瞞天過海嗎？別以為有人護着，就能無法無天！」

「請聽臣一言，實屬事出有因……」雲起提起聲音，正想出言辯解，忽而被人打斷。

「皇上明鑒。」倒是寧王挺身而出，躬身進言道，「自古文士高才放闊，不着意於細枝末節，皇上實在不必動怒。遙想前朝枯淵先生，因錯寫幾句詩文引得先皇動怒。聽聞雲起公子與枯淵交往甚密，想來文人相近，氣性契投都是有的。」

此言既出，朝堂上登時哄鬧一片，眾臣左顧右盼，竊語紛紛。

原來枯淵曾在前朝就任，雖然官階低微，但因才名赫赫，對其時之人很有影響力。據傳他曾呈上老王爺一首賀歲詩文，不知怎麼觸及先皇逆鱗，被發配至邊郊縣吏，此後終身鬱鬱不得志，直至晚年歸隱。寧王此刻提及，雖話中綿軟溫恭，卻略帶鋒芒之意，不知是懷着怎樣的心思。

「啪！」

不及雲起細想，龍座之上的天子拍案而起，明顯聽了這話怒氣更盛：「所以更應以先皇為例，嚴懲如此驕橫行徑！」

「聖上……」雲起還想再說甚麼，此刻已然失了先機。

「朕不想聽了。」聖上截斷他的辯言，甩了甩袖子，徑直下令道，「回去太樂署待着，聽候發落！」

隨即，便有宮人上來趕他。

既知多説無益，雲起只得定了定神，推開拉扯，邁步踏出門檻。

他的心白茫茫空了，走到滿是斜坡的龍尾道之時，大地在腳底旋轉，一片眩暈的迷彩。他整個人搖搖晃晃，手扶朱漆欄杆，用盡力氣才穩住步子，沒有跌下去。

小則罰祿半年，大則……若是以不敬犯上之罪處置，大則該當如何呢？他這半年的小官還未做到，倒要賠上更多錢財。

從大明宮到押回府邸，聖旨未下，他不被允許出門，也無法傳遞消息，一整日滴水不進，心裏還要擔憂剛入京的家人，此時是否找到居所了？

至於自己的前程……一開始便不光彩，難道竟落得如此收場？

既已與公主絕斷，他此刻拉不下臉去求救。寧王態度曖昧，岐王又是素來不管事的，況且金殿之上，李月堂把話説得那樣難聽，更當避嫌。雖然此禍算不上大錯，該有翻身機會，但他感到一股絕望與無力襲來。

就像手中永遠攥不住甚麼。

雲起出身名門，父系是「五大望族」之一的王氏家族，母系則是「五大望族」的另一支崔氏家族。五大望族自前朝而始就在朝中當官，崇文尚儒，封侯拜相者數不勝數，興盛不墜長達數百年之久。其後人的脈系廣佈，大多地位優越，無論在入仕、結親還是交友方面，都享有特權。勢力之極，幾可與皇族爭輝。

然而作為望族之後，雲起卻命途坎坷——他出生不久，身為一族之主的父親早逝，更兼遭上禍事，族內明爭暗鬥不斷，百年基業竟這樣消耗殆盡，家門由此日漸沒落。於是，母親只得攜雲起與幼弟弱妹投奔母家。

他永遠記得，那一日，自己作為長子穿戴孝服、牽着弟妹、跟隨母親踏入崔家大門的時候，是怎樣的低眉垂眼，始終不願直視他人或憐憫、或輕蔑的眼光。

雖說母家也是高門望族，外人看來光鮮不改，但畢竟寄人籬下，這其中吃了多少暗虧、嚥了多少悶氣，卻是數不勝數。好在外祖父照拂，生活上雖步步謹慎，詩樂教養的功課倒不落人後。

憑着過人的天資以及良好的家教，他年紀輕輕便出外求仕，只願一朝功成，接出母親、弟弟，再不看人眼色過活。

可如今因為一時任性染上禍事，家眷又至，只怕都得過上苦日子了！

雲起此刻急得幾將書桌敲碎，太常寺中，卻是無人敢接近於他。當年中榜極盛之時，可謂春風得意，人人趨之。但他天資太高，能入眼的人極少，平日也不願花功夫與同僚交遊。事到如今，莫說這當中不乏落井下石的小人，就算無仇無怨者，也都唯恐避之不及。

那一道道冷眼，如果扎得死人，大約雲起早死過幾輪。

左思右想間，忽聽門外有人高聲喝道。雲起慌忙奔出門去，連帶打翻了硯台也沒注意到。

「太樂丞雲起，通貫詩律，文詞博贍，遊藝資身，科選展才。然疏悉禮數，不思敬儀，驕縱犯上，懈怠不工，今遷黜濟州司倉參軍，望爾誠心悔過。主者施行。」

他全沒料到如此結果，趴地上愣了許久的神，還未反應過來。

「公子，公子接旨！」直到跪在一旁的阿栗拚命戳他，雲起這才接了旨。

「阿栗，打賞公公。」哪怕這時，他也不能忘了禮節，免得又落口舌。

跟宮人拱手行禮，好言送出了門，雲起神色恍惚地返回內屋。一步不穩，他被門檻所絆，狠狠摔倒在地。

「公子！」阿栗嚇得不輕，趕忙衝來扶他。

雲起兀自爬起，推開小廝的攙扶，勉力定了定神，這才徐徐發話：「不知母親弟弟是否已到，阿栗別管我，你快趕回宅院，送個口信。」

「公子……」畢竟少不更事，那小廝一臉快要哭出來的模樣，「這可怎麼辦！公子丟了差事，老夫人來了要去哪裏容身啊？」

「別說了。」雲起拍拍方才沾衣的灰塵，強裝出一絲鎮定，「先去接人吧。」天地之大，去往何處容身呢？難道，真要重蹈枯淵的覆轍？

他無法回答阿栗，只好假裝心中有數。其實，卻是全然的空白。

雲起的宅院遠離內城，母親崔氏、妻子芳青和二弟蘭叢一行已至。幼妹尚小，此次沒有跟來。面對空空如也的小屋，以及驚天噩耗，因着關切兒子的一顆心，崔氏縱使見過世面，此刻都慌了手腳。

芳青是崔氏一脈遠親，也是出身名門，大家閨秀，眉目間一派幽淡遠韻。她倚在車欄上聽過阿栗的通報，倒是神色鎮定，秀手一捋鬢髮，提起裙袂下了馬車：「母親二弟放心，媳婦母家在京城尚有根基，足以照拂你二人周全。」

「那嫂嫂呢？」蘭叢向來敬戴長嫂，聽她這麼說，不禁問道。

「蒲葦韌如絲，磐石無轉移。妾自請隨夫同去。」

# 落難

「濟州天凍，夫君請着冬衣。」

「衙門值早，我先出門了。你其實不用日日晨起，去歇着吧。」

「夫君體弱，又遇風雨欲來，請飲了這碗薑附禦寒湯，可解寒意。」

淫雨絲絲澆在茅屋上，疾風怒吼，天色晦暗不明，像在醞釀一場更大的風暴。

這日清早，雲起正欲撐傘出門，眉頭緊皺想着心事。直到聞聽這一疊聲的關切言語，他才終於定神望妻子一眼。

「你陪我至此……受累了！」

「夫君不必多慮。」女子青裙曳地，清雅一笑，「古有卓文君當壚賣酒，這本是妾身應該做的，說甚麼受累。」

濟州郡，隸屬於都畿道河南道，以濟水得名，也算四周環山的僻靜小縣城。只是畢竟地處偏遠，又是窮山惡水，乃至學舍、倉庾、城鎮俱廢，殆不成縣，對於養尊處優慣了的雲起來說，實屬不便。

山野困頓，住的原就簡陋，那點薄祿還要寄給母親、弟妹，自己實在無力再添置甚麼了。想到妻子出身大家名門，恐怕不能適應。好在芳青不在意，還日日為他持羹湯，更親自上山採摘草藥，從寡水清湯之中做出花樣來，倒解了幾分孤苦。

然而一旦邁出這狹小的屋簷，才更要面對世事煩憂。

初見雲起來自京城，滿身的貴族氣息，鄉野差使們半諂媚半排擠地接待了下來。他懶得往心裏去，畢竟來此是為做官做事。

所謂司倉參軍一職，是輔佐州刺史的最下層官員，掌管一州的財政收支、租賦徵收、錢糧保管、官府修繕等。對於財務事宜，雲起本來少有興致。他遍讀聖賢書，看的是提綱要領，寫的是抒懷文字，這些細緻的活並不擅長。但畢竟來到此地，君子素其位而行，不願乎其外——既然擔了這官職，便要對一方民眾負責。

懷着一腔熱血，雲起隔三岔五便帶領衙役巡視山野村頭，查看田情。農戶得知消息，紛紛趕來：

「聽說新上任的參軍，是京城來的大官。」

「這下好了，我們的冤情能解決了！」

原來如此彈丸小地，也有着諸多民生問題。官吏為飽私利或樹政績，巧立名目橫徵暴斂。今年旱事襲來，小戶佃農負擔不起沉重的苛捐雜稅，被大戶地主佔去了田地，以致流離失所、生計無着。眾農戶見雲起來到，紛紛陳述災情，請求減稅。

「竟有此事？」雲起聽完訴情，略微驚詫，詢問身旁衙役。但這些隨從似乎不敢多言，都唯唯諾諾的說不清楚。

於是他回到府邸，連夜撰寫一份計劃書，主張減輕徭役，緩徵賦稅。呈報給此地管事的劉刺史之後，得了「雲起公子果然才高，待本官細看再說」的幾聲敷衍，而後卻久久未有回音。

原來地方官僚與大地主早已沆瀣一氣，搜刮盤剝，哪容得下外來的新人——上司只分些雜活給他，辦案之事也一再拖着。

數月以後，眾人發覺雲起只是名聲強，其實並無跟達官顯貴的深厚關係，紛紛收起顧忌，專心看他笑話。他的權力漸被架空，到了後來，幾乎只剩下主管倉庫的差事。

「請問參軍，這個月的倉庫排班如何？」地方府衙格局小，跟他在京城的別院差不多。雲起剛踏進門，有屬下前來找他。

「與上月同。」縱是好性子，成日面對這樣的細末瑣事，也漸漸磨沒了。然而他知道，這已是自己為數不多的公務了。

進入府邸，房內只一張木桌、兩把舊椅、一座龍頭櫈和幾個陶製的素瓶，連書架都沒半個。小廝阿栗正在裏屋燒水，見雲起進來沖了杯茶，燃起香：「這群傢伙恁地欺負人，這個月又剋扣餉銀！公子何必還勞心費力給他們辦公？」

空蕩蕩的房間升起一縷青煙，漸次散開，舒緩了些許陰鬱。雲起舒口氣教訓道：「別胡說！君子素其位而行，不願乎其外。」

茶韻繞口，他終於沉下心來，思索着措辭，打算再去拜訪刺史，催促解決上回的農田侵佔一案。

「參軍，參軍！」府邸門衛提劍跌跌撞撞衝進來，打破了片刻的寧靜，「發生大事了，特來稟報！」

「何事驚慌？」雲起聞言立刻起身，邁步出門。

門外，衙役們散散落落站了一圈，圍在當中扭打的是個粗布鄉民。只見他怒目圓睜，正跟眾人對峙，看起來似有幾分眼熟。

「怎麼回事？」

雲起欲要上前分開眾人，那鄉民卻很蠻橫，見他一副孱弱書生的模樣，一把將他推倒，趁亂想要逃跑。

重重倒在地上的雲起登時蒙了，他不顧危險，高聲跟眾人喝道：「你們在看甚麼，還不將其拿下？」

周圍官兵卻不聽他的招呼，一個個雖手持兵器，但面露猶豫的樣子。

「公子！」阿栗衝了過來，扶起泥濘當中的雲起，怒而大吼，「你們這些下人，看着上官受欺負還不管？想被革職嗎？！」

「你是哪裏來的毛蟲，又能革我們的職了？」那些衙役大約仗着背後有人，氣焰倒高。阿栗年少氣盛，哪裏受得了這樣一激，反手就跟他們打起來。雲起趕忙攔下，避免節外生事。

風雨交加當中，局勢越發混亂起來。直到劉刺史被鬧出的動靜所驚，出來查看。「抓住他！」見到刺史的侍衛出動，領頭的衙役這才發出指令，迅速將人捉拿歸案。

目睹如此亂象，劉刺史負着手踱步上前，板起臉問道：「如何亂成這樣？」

最先奔來的門衛細聲進言：「稟告刺史，我們在錢糧倉庫抓到一個小賊。近日錢糧有失，怕都是此賊在作祟！」

「哦？」劉刺史聽聞，轉頭來瞇起眼睛，一本正經地質問雲起，「為何區區毛賊，竟釀成如此局面！你這個參軍怎麼當的？」

雲起兀自從地上爬起，拍了拍衣袍的污漬，不禁被問蒙了。對方氣勢如此足，倒像是自己的過錯。

錢糧丟失之事，無人稟報於他；而今賊人至此，他也全蒙在鼓裏，可見是被架空了。

本朝地方吏制混亂，節度使的權力日益壓過刺史，他們拗不過大勢，只能在欺壓底下人之事上做功夫。想來雲起驚世偉才，此刻卻連抓賊都無人告知，這等地帶，手法如此低劣，與他們相爭都是有辱文人之節。

眾衙役一言不發，冷眼望着雲起啞言。

「我們公子……我們公子不知道此事！」阿栗見狀，忍不住替雲起辯白幾句。

劉刺史聞聽此言，正中下懷，擺足了架勢冷嘲熱諷起來：「哦？堂堂京中貴公子，原來竟是吃白飯的！」

雲起緊蹙眉頭，不欲與之爭辯，轉而言道：「刺史大人，上月我稟告了小戶賦徭過重、農田侵佔一事，敢問如何處理？」

「你還問我？」劉刺史哼了一聲，朝那被俘賊人示意，「看看此人是誰！」

那中年鄉民原本蒙布遮面，風雨中滿臉泥濘，如今被拉到簷下，抹淨了一看，竟是當時來申冤的農戶之一。

「王大伯，怎麼是你？」雲起驚道。

此人滿臉悲憤，轉頭望了望雲起身側的劉刺史和領頭衙役，隻字不答，卻轟然跪下，一個勁地朝雲起磕頭。

不待雲起細問，劉刺史趕着發話：「參軍初來此地，為人又心善，不知道窮山惡水素來出刁民！你看，這人原是個歹賊，所告案情如何能信？」

「此事怕有蹊蹺，將人交我，再待細細問察。」雲起忙說。

「我為刺史還是你為刺史？你本就是被貶之身，難道還想犯越權大罪，連參軍一職都保不住？」面對梗着脖子、滿身風骨的雲起，劉刺史終於有些慌亂，露出威逼的一面，「還逞甚麼強，難道本官說錯了，是不是要稟告京中貴人來主持公道！」

那一刻，他多麼希望自己真有上達天聽的本領，可以制住這些惡人！

然而他沒有。

雲起氣得面色煞白，但是知道此時強辯無益，拉住憤憤不平的阿栗，生嚥下這口氣，拱手作揖算認了錯：「下官聽憑責罰，但請不要加罪無辜百姓。」

見他服軟，刺史終於放過一馬，放了王大伯，沒有剋扣雲起俸祿，卻順走了年底的賦稅徵收之務——估計拿準了雲起急需俸祿餬口，這些人才如此步步相逼。

雲起回到內室，關緊房門，憤憤將案紙往桌上一丟，全不顧及風度了。

這樣的事也不是一次兩次了。身處泥濘之地，他滿腔悲憤，才學派不上用場，自尊飽經踐踏，整個人彷彿打碎一般，連替百姓申冤、護住身邊人的能力都失了。

問君何以然，世網嬰我故。要不是顧及老母在堂、弟妹年幼，中落的家族名望全都繫於一人身上，他又何至於為那薄祿低頭！

每到這種時刻，雲起總會想起一些陰鬱的童年往事。

幼年雲起隨母親寄居在祖父母家，雖為內家，但畢竟是半個客人，又不能出外賺錢，成日白白吃飯——待得久了難免遭人棄嫌。舅母家的兄弟瞧不上他們，成日擲來鄙夷的眼神和話語，還藉着玩遊戲朝他們扔石子、吐口水。

「乞食者，叼花草。沒人要，滿地跑。來我家，吃個飽……」

他克制回身攻擊的念頭，竭力伸出短短的手臂護住弱弟幼妹，拼了命地跑啊，躲啊。經驗告訴他：如果將這種事告訴大人，不過落得一場罵，還要連累母親。

「孩子們，開飯了。」外祖父的聲音隔着遠遠的院子響起。

「小叫花子放飯啦，休戰！」幾個頑劣孩子的領頭朝他們一指，趾高氣揚踏步回程，「還不快去搶飯吃！」

那些孩子走得快，沒看見雲起強裝無害、竭力低垂的臉上，一副陰鷙不甘的神情。

五大家族，高門大戶。外人看來風光無限的宅院，於他敏感的心中，卻是佈滿了無數錯綜複雜且黑暗無邊的記憶，在每一個噩夢裏糾纏。

念及此，雲起胸中起伏難平，不禁移步桌前，揮筆抒情：

日夕見太行，沉吟未能去。

問君何以然，世網嬰我故。
小妹日成長，兄弟未有娶。
家貧祿既薄，儲蓄非有素。
幾回欲奮飛，踟躕復相顧。
孫登長嘯台，松竹有遺處。
相去詎幾許，故人在中路。
愛染日已薄，禪寂日已固。
忽乎吾將行，寧俟歲雲暮。[1]

一氣呵成以後，他背窗而立，苦悶稍得舒緩。

當日黃獅子一案，其中疑點重重。雲起固然明白，自己是被陷害了，否則聖上的態度不至如此強硬，連真相都不願釐清。他也想過請人查明真相，只是此事需要錢財與門路。雲起自小與家人借居人下，沒有幾分財產算在自己名內，父親遺留的不敢妄動，需作一家人的最後退路。而且他在京交遊數年，富貴時友人絡繹，及至落難，卻紛紛避而不及。何況就算查明，除了樹敵，又有何益？

這樣掂量着，雲起慢慢收了心思，打定主意事事不與人爭，企盼挨過低谷，總能重見天日。

只是如今看來，在這泥濘當中翻滾已久，縱有歸來日，怕也不及鬢髮風霜侵。想到出神，忽聽又有人敲門，他終於耐不住性子吼了出聲：「誰人叨擾？」

「公子，是阿栗。」小廝恐被嚇到，聲音怯怯。

他努力定了定神，平復語氣：「進來。」

自雲起被貶以後，阿栗便執意要跟着公子，不願留在京城。崔氏擔心兒子一人在外孤苦，也囑其隨之前來。歷經濟州時日的磨煉，這孩子都面黃枯瘦了，雲起心中也有歉意。

「公子……受委屈了。」阿栗小心查看他的臉色，輕言勸道，「這些狗官，跟大地主聯手，平日欺壓百姓慣了。公子一再提出整頓風氣，他們必定不肯甘休！可恨那王大伯，竟也是個騙子！」

「瞧他神情，恐怕落了把柄在惡人手中，被脅迫不得已而為。」雲起嘆了口氣，不願多提此事，因為一旦想起，便對自己的無能為力感到厭倦，「還有事嗎？」

「京中收到給公子的信，老夫人特叫阿栗轉來。」

「信？何人所寄？」此時此刻，還有誰會給他來信？雲起心中微動，莫不是有人念着舊情，前來相救？他這樣想着，腦中出現一個豔麗公主的形象，而後是老王爺……不禁急於拿信來看。

「誰寄來的不知道，看那信封落款，也很古怪……」

阿粟尚未說完，卻見雲起的神色驟然轉亮，抽出信紙高呼：「啊，是他！對了，定然是他！他怎知我換了居所，這才耽擱收信了！」

「誰？」這回換阿粟怔住。他家公子不論在殿試受到稱讚，還是一朝遭貶蒙冤，心裏再怎麼洶湧，面上都是淡淡的。卻料不到，一封故人書信竟能使他欣喜若狂。

「公子，信上寫了甚麼？」阿粟知道自己或許不該問，然而強烈的好奇使他按捺不住。

「是枯淵的邀約書信。」

雲起喜不自勝地來回踱步，像是對阿粟，又像跟自己輕輕念道：「他說：東籬山雲霧濃，知音稀，千里路途雖遙，正待公子來訪。」

漁舟逐水愛山春，兩岸桃花夾古津。坐看紅樹不知遠，行盡青溪不見人。

那一刻，他忘記了塵世憂憂，心思飛到鴻蒙仙境。

「啟稟公主，據聞雲起公子在濟州遍遭排擠，極是失意……」

玉真公主躺在席上聽完稟報，撇了撇唇：「教他受着！誰讓他竟敢抵觸本宮。」

「是。」底下那戴冠男子拱手低眉，續道，「另屬下得到消息，近日雲起收到京中輾轉帶去的信件。」

「哦？是何人所寄？」

「來自東籬山。」

只聽「咣當」一聲，公主滿懷怒意打翻了面前的酒盅，憤然站立：「又是東籬山！上次雲起回絕我的時候，就給枯淵寄信不絕！你奉本宮之命上一趟山，給我仔細查，那老頭到底給他進了甚麼讒言？」

1 出自王維《偶然作六首・其三》。

# 遷怒

「甚麼？枯淵被玉真公主為難了？」

自從雲起貶黜地處偏遠的濟州，除了一次拜謁濟州郡長，以及偶爾同當地賢隱、僧道來往，他再沒機會與舊年友人交道。直至今日，終於有來訪者登門，卻是一武士模樣的中年男子。見那威猛身材，高大魁梧，尤其一雙堅毅的瞳色，定是位功勳卓著的大將。

幾句攀談，得知此人姓李，原為河西涼州的駐軍，是鹿陽的相識，受其所託前來傳個口信。

窮鄉僻壤的，也沒個好茶好酒招待，雲起正覺慚愧。誰知他剛一開口，便是這等消息。雲起聽了，急得簡直坐不住。

「公子莫急，且聽我說。」李將軍勸道，繼續講下去。

那日，向來少有人煙的東籬山上，忽然來了一群訪客。他們一個個身着官服，氣勢洶洶而來，引得過路的樵夫都扭頭來看。

熙攘人群停在枯淵的茅草屋前，當中走出一位戴冠的男子，清了清嗓子，朗聲高喊起來：

「我等奉玉真公主之命，特來拜訪枯淵老先生，賞賜錢帛百両、米糧百石。枯淵何在？速速前來領賞。」

枯淵何等樣人，本不想理會這群人，奈何他們反覆喊了幾個時辰還不離去，又陸續抓住家眷脅迫，不得已才砸門出屋，手上還拎着喝到一半的酒壺：「老朽無功無官，不受嗟來之賞。你們走吧！」

那華服男子卻不惱，氣定神閒地對答：「先生何必羞於臉面裝清高？誰人不知，這些賞賜對如今的您而言是急需之物啊！」

枯淵登時火氣大盛，一腳踢開門前空空的米筐：「胡說八道！我現在急需你帶着你的人馬，滾下山去！」

華服男子哼笑一聲，不為所動，繼續用陰陽怪氣的聲音說下去：

「老先生當年朝中就任之時，雖然官階低微，但是才名廣傳，也算世人皆知。可現下躬耕於山野，早已貧困潦倒、飢不果腹了。公主殿下雖遠在京城，但聽聞此事，宅心仁厚，念在前朝老臣的份上，特意差遣我等前來救濟。老先生，您就別裝模作樣了！趕緊領旨謝恩，大家都方便。」

「胡說！我跟公主從無交情，甚麼官階低微，甚麼貧困潦倒？你們……你們是故意來噁心我的？」枯淵如此出世高傲的心性，哪裏受過這等氣，指向對方的手指都在顫抖。

「此言差矣！我倒覺着是老先生噁心我。」男子收斂了笑意，聲音也低沉了，「再不跪下稽首拜謝，那就是抗旨大罪，還要牽連家眷，你擔當得起嗎？」

「哼，哪裏來的毛頭小子！當年老夫抗旨之時，你還沒出生呢。」

雖然退隱山林已久，但枯淵畢竟曾在朝中就任，對於那些權謀手腕，掃一眼便清楚了。他按下火氣，自然看出這群人是受到指使，故意藉着打賞的由頭來找麻煩。無論自己做何表現，最後都要被挑個刺，以示懲戒。

可他想不通的是，自己跟玉真公主素無瓜葛，她為何派人尋事？而這個懲戒，又會到甚麼地步？

然而無論是何地步，依枯淵性子，絕無告饒的可能。他嗤笑一聲，冷冷盯着對方：「我不僅不跪下謝恩，而且勒令你快滾！這樣夠了嗎？回去跟你主子稟報罷。」

「你——如此不知好歹，難怪得罪權貴、眾人唾棄，即便才高又有何用？還不是待在這荒山野嶺，等着餓死！」華服男子被看穿心事，氣得不再假惺惺，連放狠話。

枯淵不惱，言辭間卻是分寸不讓：「那也好過你這樣做一條狗——錦衣華服，卻眼巴巴地搖尾乞憐。」

「你說甚麼？」對方聞言大怒，終於忍不住喝道，「將此人綁起來，嚴審！再把家眷都押過來，當着他的面審！」

「無恥！」枯淵的眼皮跳了一跳，仍是嘴硬撐着。

侍衛三兩而上，枯淵也不閃躲，驟然把手中酒壺一摔，遍地的酒水、碎片濺了眾人滿身。

「瘋子！瘋了！」

那領頭還在跳腳，身旁副官附耳勸了幾句，但他擺手放話：「不管，我今日定要抓了這個瘋子，為民除害！」

「都怪我害了枯淵前輩！」

雲起聽到這裏，心中不由焦急萬分：「玉真公主與我有些積怨，不料波及枯淵前輩。如此行徑，恐怕是公主的遷怒而至啊！」

當年與玉真公主分手，對方曾忿忿提及枯淵，語含嫉妒之意。雲起本以為只是女兒家的一時心思，不料過了這麼久，她還記恨在心，甚至伺機尋仇。

枯淵向來性子耿介，不堪受辱，這下可真白白遭了冤枉！該如何是好呢？

那李將軍見他如此慌張，忙安撫道：「公子別急，事情還未到最壞的地步。就在那男子捆着枯淵準備離開的時候，碰巧我與鹿陽公子上山撞見，前去勸阻，這才沒有釀成大禍。」

「甚麼，鹿陽回東籬山了嗎？」

要說鹿陽此人，雲起記得與之初遇時，自己尚未入朝求仕，帶着幾分少年氣，而鹿陽也是個浪蕩不羈的少俠模樣——個子不高，腰間繫一酒壺，身上背把寶劍，披髮不髻，眼中一派野逸之氣，遠望恍若謫仙。然而看似習武之人，仗劍遠遊，豪飲不羈，出口卻是一篇篇瑰麗的詩作。更奇的就奇在，他身邊還攜着一個尚在繈褓的小娃娃！

竟然有人拖家帶口地行走江湖，這般恣意自在，雲起還是第一次聽說。

酒樓裏，二人攀談幾句倍感投緣，而後更漫遊山水、作詩論道，交情日漸深厚。至於鹿陽懷裏孩子的母親是誰，及至其中變故如何，對方不願多提往事，雲起也就不問。

不過雲起知道，鹿陽曾在東籬山求道，拜於枯淵門下學藝。只是後來他因故下山，此後再沒回過東籬山。這對知音師徒之間，關係似乎有些微妙。

李將軍見雲起陷入沉思，等候片刻，方才發聲：

「是啊。公子是了解鹿陽性情的。在下曾與他在邊關一場戰役中結交，鹿陽雖不是在冊軍人，武功卻高，救了我一命。後來我告假探親，他也要繼續遊歷四方，於是相約出行。途中閒談，我問他如何學得這樣高超武藝，不知怎麼觸了他的心事，說想見老友，卻始終不敢上山。」這有何不敢的！為了給他鼓勁，我答應陪同一起。不料還沒走到山前，便聽說有人鬧事，我倆慌忙上山，到的時候正撞見他們捆着枯淵欲離開。」

聽到這裏，雲起急忙問道：「鹿陽兄武藝高強，李將軍也必定身手不凡，你二人有上前搶人嗎？」

李將軍搖搖頭：「來者眾多，以寡敵眾並不容易！況且以武相逼，即便這次強行逃脫，以後也有無窮無盡的麻煩。而且鹿陽說，枯淵前輩心志高傲，若是當場破了他的顏面更不好辦。」

「說得有理。」雲起點頭，繼而又眉頭緊皺，「但是來人劍指鋒芒，如何應對才好？」

「就在糾纏之際，鹿陽派我出面，與那群人的領頭告禮。待他離開枯淵視線來到山腰處，鹿陽這才出面——他說自己是枯淵的徒弟，願代師謝罪，並且五體投地跪拜謝恩。」

雲起聞言吃了一驚。在他看來，以往的鹿陽心氣之高不下枯淵，這次為了師父，竟甘願忍氣吞聲。

李將軍大約猜到他心中所想，噓了口氣：「我看得出，鹿陽嘴上不說，其實對枯淵老前輩很是關心呢！話說那時，對方領頭面色陰晴難定，最終丟下一句話：『沒想到枯淵如此不能屈伸的品性，竟有雲起那樣的朋友，又有你這樣的朋友。』」

「鹿陽揣摩這話意思，估計此事與公子有關。於是他請求放了枯淵及其家眷，自願跟對方去京城面見玉真公主，為師父澄清誤會，另託我前來告知公子。」

「竟有此事？」雲起聽完，頓感百味雜陳，「鹿陽兄太天真了，他不知公主何等囂張跋扈之人，哪裏會講道理！」

至此，雲起已經了然，玉真公主這是藉旁人之事逼他告饒。但他哪能輕易低頭？何況這一低頭，不知要付出怎樣的代價。

然而枯淵因自己的緣故蒙受冤屈，實在也教他心中難安。

「公子不必為難。」李將軍說，「京城那邊鹿陽自當照應，他們剛去東籬山鬧過事，一時不會再怎麼樣。」

思索良久，雲起終於下了決定：「請將軍稍作歇息，我即日啟程前往東籬山。玉真公主針對的是我，即便不能解除危機，但我以身相護，應能保枯淵前輩平安。」

李將軍點了點頭：「也好。我這趟還要回京郊探親，不能陪公子同行了。」

雲起點頭，又想起甚麼：「不過……聽將軍意思，鹿陽此行並未見到枯淵？」

「是啊！他為救師父平安，帶着幼女以自身安危與那群來人交涉，身赴險境，卻最後連見都沒見枯淵一面！」

「這鹿陽的心思，改日總得問問清楚……」

二人正談着，忽聽阿栗撞進門來大喊：「公子，公子不好了！」

「慢慢說來，何事如此慌張？」雲起蹙眉，扶住小廝。

「夫人……夫人……」阿栗跑得大喘氣。

「芳青怎麼了？」

「夫人這幾日精神都不好，不知得了甚麼病，方才暈倒在地了！」

「甚麼！」雲起聞言大驚，跟李將軍示意，隨阿栗奔出房去。

二人正在談論的鹿陽，此刻正帶着幼女進京。途經雲起舊府，他與身邊人馬低語幾句，言明進府片刻尋友，可惜久覓無人，只得牽起女兒的小手，打算離開。

踏出門檻之際，他偶然瞧見街巷拐角處的身影。

那位女子頭戴面紗，眉目不清，奇就奇在雖着素衣，卻姿態姽嫿，藏不住一身的貴氣，若有祥雲蓋頂。想來是刻意掩藏身份。只見她始終朝着府邸方向，欲要向前，卻又不動步子，看上去頗為躊躇。

鹿陽遠遠望見此人，眼皮忽而跳動幾下。他轉動眸子，心中有了猜測，囑咐孩子等在原地，自己振衣走到女子面前，抱拳問候：「這位姑娘，也是前來尋人罷！」

如此一副放曠模樣，對方大約被唬到了，但捋捋鬢髮，很快回過神來。身旁的侍女幾要挺身而出，卻被按下。

那女子坦然撩起面紗，也學着鹿陽的樣子抱拳：「公子，幸會。」

誰料押送鹿陽的首領瞧見，慌忙俯首，帶着眾人烏壓壓跪倒一片：「拜見公主殿下。」

鹿陽面上隱隱略帶得意，似乎在預料之中的，他與玉真公主相視而笑。

# 江山

終南山橫亙關中南面，西起秦隴，東至藍田，相距八百里。昔人言山之大者，太行而外，莫如終南。此山幽靜，卻也人多，只因離長安不遠。若途中經過，順道登山，便可遙望京城。

那一夜，他就在夜幕當中爬上終南，看江山如畫。

攢了半年的旬假，雲起得知枯淵消息，正欲出行東籬山。誰料家中芳青大約是操勞過度，加上水土不服，染了怪病，在這荒僻鄉野偏又醫治不得。無奈，他只能匆匆攜妻趕回京中，順便探望老母幼弟。碰巧那李將軍也要回京城附近的邊郊省親，幾人便同路而行。

途中，阿栗尋機向李將軍拜師習武，聲稱學了本領，能護衛公子不受欺負。

一路顛沛流離，馬車之中，芳青的臉色越發蒼白，人也瘦弱得不成樣子。雲起瞧着心驚，卻也無力可救。

「夫君不必憂心。」倒是芳青見他神情，出聲勸慰，「妾還撐得住。」

「你忍一忍，再過幾日便到了。」雲起俯身為她蓋上碧色披肩，不禁喟嘆，「嫁給吾等無用之夫，教你受苦了。」

「夫君何出此言！」芳青急急反駁，以至於咳了兩聲，「咳咳！能嫁與公子為妻，是妾之幸事。」

雲起苦笑搖頭，為她順了順氣，僅把那句當作安撫的話語：「說話費力，你且歇着吧。」

「雲起公子美名遠揚，晉中之地，閨秀女子無不芳心所向。這樁親事雖為父母之命媒妁之言，可得知夫君是你，我心中……咳咳，心中甚是喜悅……」

妻子說到這裏聲音漸低，輕喘兩聲，不覺垂下雙眸，面頰泛紅，生出羞澀之意。可惜雲起並沒聽進去，仍以為是對方在安慰自己，雙目只盯着馬車經過蜿蜒曲折、由土石形成的小路，以及通路低垂的樹枝，沉浸於自己心事。

悠悠長路人，曖曖遠郊日。惆悵舉目，蘆葦叢生的水畔，一縷青煙遙遙升起。那掩映在蘆葦叢深處一角，露出點點昏黃的火光，那裏，該是一幅溫馨祥和的畫面。

空氣沉寂了許久，直到車輪碾過路邊稀落的幾塊碎石，馬車猛然一震，二人才從各自的心神之中抽出。

「此次浩劫，不知何時收場……」雲起收回目光，黯然嘆道。

愣神片刻，芳青忽而發聲：「妾曾聽聞，夫君遭此飛來橫禍，原是為了妾身。咳咳，其實夫君大可不必……」

「何處聽來的謠傳？」雲起蹙起眉尖，頗為意外的樣子。

「難道……並非如此嗎？是京中母家差人傳信……」

雖知自己的事已滿城風雨，雲起還是耐不住問了一句：「那些話如何說的？」

「這……」芳青有些為難，但面對雲起的追問，終究說了出來，「據說夫君因妾身進京，不得已與……與玉真公主斷了聯繫，這才……」

「謠言勿信。」見她躊躇模樣，雲起不忍心地出言截斷道，「我與玉真公主本就只是知遇之恩，無甚瓜葛，後來決斷也並非因你之故。切莫自責！」

「這樣啊……」怪的是，芳青聞聽此言，沒有顯出放心模樣，反而橫飛一縷憂愁。

不過雲起此刻無心顧及對方情緒，也着實不願多提此事，眼見天色轉黑，他放下馬車的紗簾，隨口撫慰幾句：「時候不早了，今日在終南山附近歇下吧。」

「對了，家信之中還提及，咳咳……」平日芳青話很少，此次卻強撐精神，執意說下去，「岐王也受黃獅子案牽連，貶出為華州刺史。」

「甚麼？」雲起猛然抬頭，語氣嚴肅起來，「此等小事，怎會牽扯到岐王？」

「妾身不知。但聽朝中就職的母弟崔興宗所言，岐王曾為夫君求情，誰料惹怒聖意，聖上特發佈一道禁約諸王與大臣交道的禁令，相關人等先後被貶。」

雲起聞言，不由陷入深思。原以為自己鋒芒太露，才招致禍端，如此看來，這恐怕是聖上藉機收權和打壓臣下做的一場大局。

但在此之前，他明明與諸貴皆有交遊。若為此故，緣何聖上只懷疑岐王，而非寧王或玉真公主？

久久盤踞心頭卻不願直視的一個想法，從一團亂麻當中直直升起：玉真公主，那個專橫孤擲的尊貴女子，印象中總是盛妝豔服、豐肩軟體，猶記得那晚……難道這一切，是她因愛生恨的復仇之舉嗎？

他不信！

雲起雖曾與玉真公主修書斷絕，但絕的只是情誼交往，憶起對方的時候卻始終有敬有慕——畢竟自己曾在不勝酒力中做出了逾禮舉動，教他懊悔，才不得不避嫌。

卻也因此，他始終對公主懷着一絲別樣的關懷，以及信任。哪怕她派人找枯淵麻煩，也總為她開脫，覺着是貴族天女的心性，並無大惡。

想到此，雲起心中不禁生生刺痛，彷彿對自己那股執念的無聲嘲笑。

早知世間處處皆是污濘，但他始終不願相信，竟無一絲清白乾淨之處了。

時入凜冬，終南山幾多雪霽，原本蓊鬱綠樹的群山棲滿了純粹的白。

寒夜已深，眾人借宿在山腳下的香積寺。安頓好妻子隨從，雲起披上外衣，獨自在院子裏踱步。

趕路已是疲累，為何還要深夜出門？芳青切切追問，但雲起無心應答，只隨口安撫幾句，回絕了對方欲帶病相陪的意思。

白日聽聞岐王遭貶的消息，加之那些風言風語，他胸中翻湧不定，又難與人說。雲起想起曾和摯友鹿陽登高望頂，凡塵兩忘，所以才起了這股執拗。寒夜已經深了，眾人借宿在山腳下的香積寺。安頓好妻子隨從，雲起披上外衣，獨自在院子裏踱步。

若無家族牽掛，他也許早就跟友人雲遊四海、山水作樂去了，何至於抽空夜遊還要跟人解釋！

香積寺名源於佛典《維摩詰經》中「天竺有眾香之國，佛名香積」之句，建於開國年間，門廳高闊，是本朝盛極一時的寺廟。歷代皇帝都曾親臨此地禮佛，並傾海國之名珍，賜予舍利子、法器和百寶幡花等，令其供養。每逢節氣，寺內還會舉行隆重的祭祀典禮，故前來瞻仰、拜佛者絡繹不絕，香火極盛。

步出院門，遙看萬家燈火，雲起不禁在心中反問自己：若真的了無掛念，能否像寺內供奉的大師，放下一切呢？

眼見枯淵，固然放下一切，然而那等潦倒失儀、貧病交加的境遇，粗嘗數月便已難耐。

長久以往，又如何是他能受得了的？

泉聲咽危石，日色冷青松。晨光未出，入目是絕對的黑寂。

他抖了抖沾在衣角上的草木種子，忽聽腳步聲起，踩得枯葉窸窸作響。

「雲起公子好興致。」

雲起回頭，原是那位李將軍：「將軍亦未就寢？」

「是啊……我正發愁着明日歸家，見到雙親妻兒，不知道怎麼應對呢。」

「重逢家眷，難道不是喜事嗎？將軍為何緊蹙雙眉，似有憂慮？」

「公子有所不知。我離家從戎已有十數年，久到幼子都認不得爹爹，雙親都頭髮花白了。因此，他們莫不希望我早日退伍，回到家中盡孝。」

「這能理解。」雲起聽了點點頭，「但將軍不願如此嗎？」

「我等武士，不上戰場殺敵，難道要回鄉裏賣瓜種柳嗎？」

聽了這話，雲起不禁想起自己遭貶的經歷，心中湧起萬千思緒。他轉頭遙望遠方，難掩激盪的情緒。

此時已近五更，破曉將至，正是上早朝的時辰。

終南山距離京城不遠，回頭望蒼生，但見風波起伏，山川交錯。在一片月麗靜好的江山之下，隱約可見整隊持着火把進宮上朝的人群，蜿蜒而動——那墨黑天地之中一抹亮紅，宛如一條長長的火龍盤旋。

雲起立於高處，遠遠聽見城中的報曉鼓敲響，各條大街的鼓樓依次跟進，一波波傳開去。周邊的數百所寺廟也紛紛撞響晨鐘，激昂的鼓聲和深沉的鐘聲交相呼應，似在奏起噴薄日出的篇章。

風遽然凌冽地襲來，天光亮起，霧一樣的清晨裏，似有小雪緩緩飄落。

他望着那條越去越遠的火龍，彷彿某種徵兆，熱血倒流心脈，卻又甚麼都説不清楚。曾幾何時，他也身在人群當中，似璀璨奪目，勝日月爭輝。而今落難至此，親者痛，仇者快……隱於荒野之中的他，難道真要荒廢半生仕途，連這將軍的志向都比不了？

雲起這樣想着，轉而跟身邊人言道：「李兄若有此意，便儘管去做罷！想來世事蹉跎，紅顏白首，能在壯年之時大展宏圖，已屬幸運。」

「唉！」那李將軍聽了，卻長嘆一口氣，聲音低下去，「我怎會不想建功立業、請纓報國？只是如今軍中亂得很，謀個軍職不容易，只怕早晚要被棄置哪……」

滿目荒寒，盡皆消融於讖言般的黑暗，唯獨那點鮮紅的火光明滅，幾要刺穿他的眼眸。

雲起聽了老將的話，也不禁喟嘆，長衣寬袖當中悄悄握緊一封書信。

過幾日回到長安，是時候送出了，他想——那是寫給新任首輔宰相張子壽的言志之作。

張子壽其人，與前任玩弄權術的李月堂不同。聽聞他布衣出身，然少有才名，風度不凡，數次上書進言，盡顯諫官本色。

早聞「布衣卿相」之名，雲起也是仰慕已久。但他染上「黃獅子案」本就因為識人有誤，處境難堪，若要再換良木而棲，不免得多加思慮。

此時此刻，或許不該再等了。

寧棲野樹林，寧飲澗水流。
不用坐粱肉，崎嶇見王侯。
鄙哉匹夫節，布褐將白頭。
任智誠則短，守任固其優。
側聞大君子，安問黨與讎。
所不賣公器，動為蒼生謀。
賤子跪自陳，可為帳下不。
感激有公議，曲私非所求。[1]

這封自薦詩書，他雖袒露入世之圖，卻遞得不動聲色：一面陳情本意——坦承寧願棲隱山林、清貧淡泊，也不想逐貴求富，再交王侯；另一面又微言大義——說對方不賣公器、為蒼生謀，是對他的敬重；說自己感激公議、所求非私，是為自己的成全。

語氣簡捷遒勁，既有自視高節的凜凜風姿，又不乏自表心意的慷慨低迴。此等招式，他曾在京城玩得信手拈來。此次既尋了個雅官求仕，便總要應和幾句，以示胸懷大節。

雲起想着，略略安心下來，回身寬慰了李將軍幾句：「天色將亮，將軍，回屋吧。」

然而雲起不知道的是，此刻京中，正是風雲迭起。

李月堂從高位而下，卻不甘寂寂，審時度勢，尋來剛剛就任的御史中丞、平盧節度使康犖山，允諾扶他入相，勢要攪亂張子壽新政。

「我是武人出身，識不得幾個字，又不懂漢式詞賦，有辦法去到漢廷高職嗎？李尚書所言難以置信啊！」康犖山從兵馬使調任上來，憑着聰穎和厚賄，哄往來官員為他說好話，討得聖上歡心。善戰驍勇的突厥軍官，此刻頗為柔和，學着漢人行叉手禮，左手緊把住右手拇指，右手皆直，掩胸示敬，一副唯唯諾諾的作勢，看起來惶恐得都要出汗了。

「康節度不必多慮。現如今，聖上對邊關事態極為上心，節度你資質敏慧，有過人之才，只需聽老夫籌劃，定能助你成事！」

李月堂如今就任禮部尚書，倚在自家書房的紅木高桌之後，不慌不忙品了品茶，笑得一派親和。

「何況為官之道，勝在體察君心、謀定後動，又不要一味那些作詩作畫沒用的。這就是有人走上歧途而不自知的道理了。」

「大人說的是誰？」康犖山順着對方的話接道。

李月堂領對方入座，以自己的披袍蓋在他身上，溫和言語中顯露絲絲殺氣：「當年枯淵就是落得黯然收場，如今那雲起公子也要步其後塵了。」

1 出自王維《獻始興公》。

# 振衣

晨光初露，荒僻的東籬山迎來賓客。

松林間灑下若有似無的光線，不遠處泉水遇石輕鳴，有落花入水的聲音，瑟瑟染半山紅。山巔雲間，林中小宅，向來獨行的身影今日難得成雙。

「山下耕種小屋無甚可看，我那家眷都是俗人，也不必介紹。」過虛掩的柴門而不入，枯淵領着雲起往山間小道走去，「老朽倒期待先生一探我那山林小宅，好多年沒帶人去過那裏了。」

「在下有幸！」雲起言笑晏晏，舉目環顧山路，「前輩果然尋得好地方！」

枯淵回過頭來，面上露出難得的親和之意：「先生不要客氣，稱我枯淵老兒便好了！」

雲起日夜兼程趕往京城，送芳青治病，上書張子壽——重歸故地，他終於舒展心性，決意不願再受鄉間小人的排擠，忿然辭了小官。

然而數日過去，那封上書仍是渺無音訊。雲起掛憂枯淵安危，等不及消息便起程趕往東籬山，見枯淵一切安好，未受公主之事的影響，這才稍稍安心。

此刻雲起提起衣角在山路間行進，以免晨露沾濕。忽聽前面那人嘐然長嘯，韻響嘹亮，驚起幾隻鳥雀，在僻靜的林間久久迴旋。

他不禁掩嘴暗笑。枯淵還是那樣坐忘天地，沉迷樂中，如初見一般的情形。

溪水清可望底，潺潺在碎石間躍過。稍遠處山石嶙峋，重巒疊嶂，巖石正中書有「十梅庵」楷體。傳說昔日天上十位梅花仙子思慕靈山秀水，下凡在此，後因而得名。山谷氣溫低，已值早春，只有此處的梅樹仍然臨風開放。

來到半山腰處，一棟破舊茅屋出現眼前。四周雜草叢生，全然荒棄的模樣。

「先生請看。」枯淵伸手，遙遙指向山宅旁的一方石室，「那壁下便是我的古琴了。」

「可否走進一賞？」雲起興趣頗濃。

「請。」至此，枯淵的疏離也被熱忱覆蓋，眼中閃動着欣喜。

步入幽暗的洞穴之內，寒意驟然襲來。泉水自上而下沿鐘乳石壁潺潺，古樸雅致的石桌上置放一架無弦古琴，一望便知是難得的佳品，可惜現下蒙了厚厚的灰塵，應是好久沒有碰過。

「在下……」雲起盯着這絕世古琴，眼神有傾慕、有喟憾，語氣略帶遲疑，「有句話不知是否當講……」

枯淵高高挑眉：「我以為，你我之間無須顧慮。」

雲起斟酌片刻，終於開了口：「在下斗膽，枯淵先生的無弦琴雅名傳世，卻不如先生的琴技更令人仰慕。只是如今，不知為何這兩樣都已塵封，不再出世？」

聞此，老者滯了一滯，良久神色才恢復如常：「空有絕世音，恨無知音賞。因而我寧願躬耕，不意奏樂。」

「前輩這麼說，難道有斷弦之故嗎？」

「早些年，也遇過談得來的故友。說是拜我為師，其實亦師亦友。」枯淵出了石室，背身向小宅走去，「知音三五人，痛飲何妨礙？醉舞袖袍嫌天地窄。當年他曾這樣在我的畫上題字。」

雲起聞言，心中咯噔一聲。鹿陽最珍藏的畫卷，他自然見過，此刻猛然想起，不免徒生感慨。

「可是後來……我有我的執念，他也有自己的抉擇。」不管對方聽不聽得懂言下之意，枯淵自顧自嘆道，「我無伯牙之技，卻有絕弦之志！」

之前聽李將軍說起鹿陽與枯淵的過往，今日枯淵提起舊事，雲起倒生出幾分好奇。但他見對方沒有訴說的意思，礙於場面不便追問。

畢竟與鹿陽更熟，此人口風不緊，也不拘禮節，改日找個酒館把他灌醉，這段秘史還不問甚麼答甚麼！

雲起正想着，那廂枯淵似乎陷入某種回憶，臉色如同東籬雲霧，繚繞朝日初升的橘紅色光亮：「衣衫拂雪花，天地看浩大。上天待我不薄，今日得遇公子。若有公子常伴身畔，老朽的枯琴倒願日日鳴唱！」

雲起沒料到對方竟這麼說，愣了片刻也是動容。如此話語，似乎只有玉真公主曾經說過。這樣想着不免有些尷尬，他咳了兩聲，掩蓋過去。

正說着，兩人自山洞而出，踱到小宅屋簷懸掛的鳥籠之下。雲起見此，神情微微一動：「枯淵先生，可聽得在下一勸？」

「請講。」枯淵似有所料，神色不變。

「人不善飛，本有太多的不自由，何必還要束縛這天地間善飛的生靈，更增一份不自由。」雲起蹙起眉尖。

「既無知音相伴，自由有何意趣？」面對蒼茫青山，枯淵背手嘆息，「即使獨自振翅，這天地廣闊無疆，難道不會害怕嗎？」

片刻的寂靜，只有鳥雀拍打翅膀的聲音。

「在下斗膽，先生此言並不認同。」

自從鹿陽染病離京修養，而他自己亦幾經跌宕，雲起漸漸悟到，沒有甚麼會永久存在，伸手能抓住唯有自己的心：「有法無法，有相無相。如魚飲水，冷暖自知。何必執着於此？」

大約二者都想起故人，嘆息聲飄散在這山霧繚繞之間。

「聽聞先生辭官歸山，是已看破凡塵。其實世人大多庸碌慌張，先生與他們是截然不同的！何必為那五斗糙米而摧眉折腰？倒不如來這山間一方小室，野鶴閒雲，從心所意，才叫一個逍遙自在！」

過了良久，枯淵悠悠出聲，再度向他發出邀請。

這回換雲起怔怔立住了。

寧棲野樹林，寧飲澗水流。山林之樂，固然是他所愛。枯淵之境，何嘗不是夜夜魂牽與夢縈？官場風雲，人心詭譎，又哪裏是他心中所願？

只是，夜夢終究是夜夢，而白日終究在白日。

「前輩此言此志，後生甚為動容。可容我班門弄斧，以詩曲作酬？」

枯淵點頭示意，雲起轉身走回無弦琴邊。未久，林間響起撫琴吟唱之聲：

北闕獻書寢不報，南山種田時不登。
百人會中身不預，五侯門前心不能。

身投河朔飲君酒，家在茂陵平安否？
且共登山復臨水，莫問春風動楊柳。
今人作人多自私，我心不說君應知。
濟人然後拂衣去，肯作徒爾一男兒！[1]

上書未覆，宦遊不順，朝盛不至，權貴不親。如今所念所想，便只有京中家人的平安了。如果他抽身不顧，莫非老母弟妹得要回到崔氏高門，重又過上棲身寄居的日子？更何況，他的心中總有聲音切切：先濟世致用，再功成身退，方才不廢江河萬古流。如今世人只為自己着想，此等情狀，實難認同於心。若是如此便退，豈甘一生徒然庸碌，無名無就，枉做男兒身！

「而這人世有太多無奈。」

待到最後一個音符落下，枯淵當然明白了對方的意思，眼神低落，黯自接道：「你我雖然相知，終究也無法相守。直至最後一刻，還得對着身邊的塵世俗人熬完半生。」

聞聽此言，雲起卻正襟肅然：「不必如此說！世人各有喜樂悲哀，屬於各自的生命。實在不應高傲於頂——黎民眾生皆是平等啊！」

母親崔氏信佛，雲起自幼耳濡目染，得了一身的親善性情。來東籬山之前，他對枯淵之事早有耳聞：據傳此人為官期間，朝廷曾賜三百畝田地，他得田地，卻下令全部播種釀酒的高粱。家人一再懇求，他才勉強讓出五十畝種粳稻，其餘二百五十畝仍然種上高粱，供他釀酒喝。及至晚年辭官，他積蓄見底，養不起下地耕種的奴役，躬耕以為繼，落得一身貧病交加、潦倒落魄，連帶家眷也是受苦，連飯都吃不飽。但枯淵不以為意，還寫詩責斥兒子愚笨，何必在意紅塵事？

因此，雲起此行特意帶了米肉錢糧，上山前吩咐阿栗，尋機交給枯淵妻子。方才見枯淵無意帶他拜會家人，而今聽其所言，怕是不入他眼的人，就算骨肉至親也不放心上。

枯淵當年棄官的傳聞，乃因見一督郵，不願折腰。然而行走世間，如此沉浮也算平常。現下想來，枯淵之舉，或是一慚之不忍，而終身慚乎？

「忘大守小，不知其後之累也。佛曰，要愛所有人。」

雖知不該逾禮相勸，但雲起終究忍不住，將這句話說了出口。

枯淵面上閃過一絲不屑：「哼，不值得我愛的人，何必愛之？」

雲起急了，昂首說得飛快：「上蒼有好生之德，人心有悲憫之情。莫說人群，就是風雨露雷、走獸飛禽、花草樹木，萬物盡皆如此，何論值不值得！」

枯淵盯着少年的雙眸，那裏面是一汪黑白分明的澄澈。

老人枯瘦的臉上漸漸黯然下去。他終究沒有再反駁，而是轉了話題：「天色不早了，臨走前，且讓老朽為公子再奏一曲吧！」

枯淵素手拂琴，清音調起，音樂漸次流動如注，如滿懷詩情盡瀉，山洞間原本細細密密的瀑布忽然隨樂聲高漲起來！

見此異況，雲起大為驚詫，撫手掩住了口，這才沒有叫出聲來。而那枯淵雙眼瞇起，只專注樂中，似乎不以為怪。

浪花越來越高，環繞二人而起，濺得滿身水珠，清涼怡神。

種豆南山下，草盛豆苗稀。
晨興理荒穢，帶月荷鋤歸。
道狹草木長，夕露沾我衣。
衣沾不足惜，但使願無違。[2]

老夫在山下種豆，草盛豆苗卻稀疏。晨起下地除荒，月夜扛鋤歸屋。這條路上草木叢生，傍晚時有露水沾衣。衣袍沾濕不足為惜，只願不違心中所意。

就在他合琴而鳴之時，路邊有一扛着鋤頭的樵夫經過。他歇腳聽上兩句，抖落身上蓑衣的灰土，張望一眼，卻又搖搖頭離去。

「我醉欲眠，卿可去也。」

曲畢，水簾瀑布隨着最後一個弦音而緩緩落下。雲起欲發驚疑的話，然而尚未出口，那枯淵一拍衣袖，也不解釋，只丟下這麼一句，便起身下山去了。徒留雲起孑然獨身，留在此地縹緲山間，悵悵而望。

山霧繚繞之中，雲起似乎望見另一個人的身影——也曾這樣的眉眼分明，也曾這樣的言辭懇切，也曾這樣的與他分離。

山上二人不知，他們心心所念的鹿陽正在京中，與玉真公主散步在府邸花園。

「看來你早猜到了我是誰。」

聽過屬下稟報，公主卻不生氣，也未把鹿陽當作犯人來看，反而拉着他的小女兒甚是喜歡，又送點心又送玩具。及至後來，還與鹿陽杯酒相合，暢聊起來。

聽到公主的問話，鹿陽朗聲長笑：「我從未見過殿下，如何能有猜測？」

「我才不信。」玉真嘟起嘴，似少女般嬌滴，「你那姿態，分明是心中有數的樣子。」

「哈哈，說得沒錯。那是殿下氣勢逼人，似有祥雲罩頂，即便不明身份，也難掩日月光輝啊！」

公主愣了片刻，也仰天大笑起來。

在他們心意交匯之際，一隊報信官人途經府門。手中所持者，正是雲起朝思暮念的詔書。雲起所料不差，雖然隔了些時日，但他果然被張子壽徵召入仕。再次回京之日，不遠了。

然而這京城當中，可以想見，又將是一番風起雲湧之勢。

1 出自王維《不遇詠》。
2 出自陶淵明《歸園田居·其三》。

# 外卷・玉真

「你要治雲起的罪？」

數月前，大明宮內，紫宸殿中。

身穿龍袍之人躺在金絲椅上，被旁邊侍女一顆顆餵着荔枝，抽空望向座下女子：「那大才子怎麼招你了？前段時間還急切切要我賞他，如今又是為了何故？」

玉真公主被問得面色發冷，嘴角恨恨一撇：「皇兄別問了，反正此人罪大惡極……你給我辦了他！」

「罪大惡極？」皇上玩味地盯住妹妹，嗤的一聲發笑，「哈哈，在你面前，誰敢妄言罪大惡極？」

他這皇妹，與自己一母同胞，情誼最深。當年專橫的皇祖母聽信婢女讒言，誣陷他們時為太子后妃的母親，說她暗地施蠱詛咒。母親被召至宮中秘密處死，連屍首都不知所終。聖上奪了皇位後，派人在宮中翻個底朝天，也沒有找到母親屍骨。

母親死時，他們還不到十歲。遭受失母之痛的兩兄妹互相撫慰，戰戰兢兢度過那段陰暗血腥的政鬥歲月，感情自然比一般皇家兄妹濃厚得多。及至如今的高位，聖上也沒剩下幾個可以説話的人，實在無法撇下妹妹不管。

偏偏在諸多親貴當中，玉真公主尤是讓人不省心的——年紀輕輕便入了道，不聞婚嫁，門下卻招攬諸多青年才俊，日夜笙歌。儘管如此，但她至少有分寸，從未干涉政事，待自己也算貼心。因此數年以來，聖上不僅封賞了千戶人的賦税收入，以及奢華的府第座駕，還要時時為她突發性子操心。

「皇兄！」玉真聞言氣急敗壞，一拍座椅的把手勃然立起，「臣妹受了欺辱，你還拿我取樂，倒是管也不管？」

「好好好，我管。」皇上一邊笑着安撫，一邊叫侍女送去荔枝，「可這總得有個罪名，你不説，我怎麼治？」

玉真噎了半刻，換上一番肅然神情，低聲説道：「臣妹聽聞，雲起與諸位親王交遊過密，應及時斬斷隱患。」

「這事朕早就聽説了，而且此人本就是岐王引薦給你的，交遊緊密是早有的事，你也脱不了干係。這個罪名不行。」

「如果僅此一人也就罷了。但是皇兄想想，雲起就算才貌再高，如何能使滿城豪貴無不拂席迎之？莫不是有人背後推捧？」

座上之人面上一凜，眼露精光：「真有此事？謠言從何傳來？」

「臣妹聽金仙公主的門客所言。」

皇上思索片刻，點點頭，順手朝玉真拋去一顆荔枝：「好，朕自會設法處置。不過這樣一來，你的情郎受難蒙塵，難道不會傷心嗎？」

玉真伸手接住荔枝，略微滯了一滯，心頭掠過一絲茫然。但她隨即不意多想，剝開荔枝丟入口中，緊咬銀牙面露狠色：「為皇兄分憂乃是臣妹份內之事。再說了，本宮囊下的才子良人雲集，不比皇兄那佳麗三千少！教我傷心，下輩子都別想！」

「哈哈。」皇上見她如此形狀，不禁笑了出聲，「行了，朕都答應你了。別一副氣鼓鼓的模樣，跟小時候鬧脾氣有甚麼兩樣？」

玉真公主一路到了如今高位，哪能不懂皇上心思，見勢撒嬌起來：「哎呀，兄長做了皇帝，就嫌棄小妹不得體啦！」

「豈敢豈敢。」皇上柔聲勸道，「我可是自小被你欺負到大。」

得到允諾的玉真情緒轉好，順着皇上的話繼續眉飛色舞：「皇兄說得是，你我從來都是相依為命、榮辱與共。小妹被人欺負了，皇兄要替我出氣！」

「放心吧，喝口茶消消氣。」皇上指了指她的座椅旁側，「聽說你近日轉了性子，不意飲酒卻改品茶，這是好事。我囑咐嬤嬤留了剛剛進貢的江南新茶，你嚐嚐罷，喜歡的話，着人送去府上。」

看見桌上茶杯，玉真剛剛明亮的臉色重又低沉下來。

因為雲起愛茶，她才開始學着飲茶。在此之前，她總是酒不離身的。縱情享樂才是人生樂事！即使面上裝出品茗鑒道的模樣，她內心深處仍是不能理解，那清淡悠緩的味道當中，究竟有何意趣？

前日在公主府相談之時，為了取悅那人，她還特意囑咐上茶。誰料他一再冷酷無情，甚至將曾經的雲雨風情説是酒後失德，叫她顏面盡失。

雖然她心裏知道，確實是自己故意灌醉的雲起……可她深信對方半推半就之間，卻有抹不去的一縷溫柔。不然，怎會教自己留戀難忘？

大才子只不過喜歡裝清高，那便哄着他，大家開開心心、各取所需不是很好嗎？誰料卻被對方狠狠戳破，倒是連裝也不用裝了。

很顯然，他看不上自己。

這想法教她難以忍受。即使她貴為天女，金銀佐酒，但那些似乎是他在意的，又似乎不是。

不是因為才華。她有種感覺，雲起看不上自己不僅因為才華，而是另外一種難以言明的、卻正因難以言明而更加凸顯的東西。就像她嗜酒，而他愛茶一樣。

那是甚麼東西呢？她想不通，但也因此更加不忿。

自小跟着父兄看遍血腥爭鬥，她不可謂不敏銳；得勢後門下才人眾多，她也不可謂不明智——看得穿皇上對諸王的猜忌，對權力的把控，也看得到這次告狀將引發的殃及池魚之勢。對此，她並不掛意，也不猶豫。若說沒幾分心狠手辣，這些年在泥足深陷當中怎麼活得下來？

但即便如此，她還是有一件怎麼都想不通的事——想不通雲起的心思，更加想不通，就算出了氣，為何自己心頭仍有一絲刺痛？

憶起那人的絕情，是該要給他顏色看看了，不然還以為她這個公主是好惹的！居然寧願親近那半截身子入土的枯淵老兒，也不願親近自己。

可她當真這麼做了，能否紓解自己的憤鬱、激起對方前來求和呢？而那種屈辱的求和，又是她想要嗎？

這正是她的迷茫之處。

驟然拾起心事，讓玉真的情緒再度黯然下來。既然此行目的達到，也無意過多停留，她隨口應和幾句，便匆匆告退了。

送走玉真公主，聖上重又坐回殿上，神色倏忽變作肅然。

小女兒家鬧的彆扭，自然並不叫他太過掛心。

其實就在昨日，寧王進宮上表，岐王以雲起公子為餌，暗中結交三省六部及諸王親貴。據寧王直言，自己也曾受到招攬，不便回絕，因此面上先行示好，暗中特來稟報聖上知曉。

結黨之嫌，向來是皇家最大忌諱——尤其對於在腥風血雨中成長起來的當朝天子而言，嚴重程度大大超過了妹妹鬧的小性子。

要說這岐王，可算是前朝功臣，曾任太常卿、左羽林大將軍。當年聖上武力奪權時，隨自己誅殺政敵，以功賜封。雖然如今他收斂鋒芒，好音喜律，以雅仁慈厚著稱，若說藉此收買人言、掩蓋野心也未可知。這樣一位人物，比起只會花天酒地、沉溺女色的寧王而言，實在是更有能力的心腹大患。

聖上原本還在猶豫，方才玉真的話倒讓他驀然提起注意——就連外戚之間都有了風傳，看來不得不當真。該好好徹查一番了！

只是此事涉及宮闈隱秘，派誰去做呢？

「平盧節度使康犖山前來見駕。」

宮人的傳報聲打斷了思緒，聖上略一沉吟，心中有了打算：「叫他進來。」

# 中卷·雲湧

# 回環

四周是啞然的靜謐，北風乾冷，帶動林木颯颯作響。

山路行進間的他累得步子發軟，呼吸急促，一不注意衣角被泥濘所濕，才發覺腳下已是積雪堆滿。

遠眺川巒交錯，枯木平林，滿目皆是荒寒。群山棲遍大片大片飄白，與記憶中的某處似有相應。唯一一座孤峰兀立，雲霧纏繞山頭，平添幾縷淒絕。

「公子又來了？」隔水，路遇擔着柴的樵夫熱情相問。

「是啊，敢問何處借宿？」雲起含笑作答，覺得對方有些眼熟。

「等公子下了山，來尋老夫便好。」

那樵夫說完，看他兩眼，又補了一句：「公子說話的樣子，跟枯淵老先生可真像啊。」

聽到這話，他的神色黯然下來，點點頭不意多言，抽身繼續上山而去。

墨色衣襟同巖邊流淌的溪水繚繞一起，原本就有體寒，在這冽冬深夜的高山之上，他更是止不住發抖，氣不接續，懷裏的古琴顯得越發重了。

皓月朗，林下漏光，臨風飄搖，疏疏如殘雪。他記得，就是在這裏，自己與枯淵曾相契而談，卻又鋒利地爭論，最終都歸於琴音渺渺。

遠處風聲翏翏，隱約似有絲竹相合。他強撐起一口氣，繼續往上爬去。

# 春日

立於宮殿門前的大街，視野極是開闊。居高臨下，由北向南俯瞰整座皇城的中軸線，巍峨建築此刻盡皆映入眼簾。

再上早朝，心境已然過盡千帆。雲起背手佇立，在寒風中瞇起一雙眼。

光線稀疏，穿過雲層打向京城的宮闕重重，以及立於宮闕當中的他。

再度入朝，雲起身負監察御史的言官之職，雖然品級不高，但負有察糾百僚、肅整朝儀的責權——或露章面劾，或封章奏劾，蕩滌時局利弊。最為緊要的，他總算不是孑然無依孤寒地被拋野外，終於重歸人群了。

既然踏過千難萬險歸來，那麼這次，定要好好扎根。

「公子好久不見，別來無恙？」紫綬掛身的朝臣成三結五從旁經過，其中一人認出雲起，前來招呼，原來是中書舍人幼麟，朝堂之上也算半個舊友，「恭喜就任監察御史。」

雲起忙作揖答禮，雙手舉過頭頂，腰彎及地：「勞煩幼麟兄掛記，一切都好。」

陸續又有幾人過來招呼，雲起一一正襟，以「叉手禮」作答——左手緊握右手，懸空掩在胸口。這套官場禮儀放置久了，雖有些生疏，但終究印在記憶深處。如今他已不復少年的清高，行事多了幾分謹慎。

「哎呀，這不是雲起公子嘛，終於回京了！」又有人出現身後，一副熟稔的語氣。

雲起轉頭一看，原來是舊日同鄉樂山先生，年紀比他還小，頭髮卻已半白。

樂山扶住將欲行禮的雲起，擺出一副相交頗深的樣子，拉着他不住地說。旁人見此，先後散去。那樂山梗着脖子張望一番，忽而壓低聲音：「公子這邊請，小弟有話要說。」

雲起被引至朱漆欄下的廊廡之間，不明何故。卻聽樂山噓了口氣，面上浮現幾分喟嘆：「雲起兄，小弟對不住你啊！」

「樂山先生何出此言？」

「彼時賢兄落難，明知你被奸人所害，我卻不得發聲。如今想來甚是慚愧，以至夜夜難寐，總要親身致歉，方能安心。」

對方這樣說，雲起面上再也掛不住了。在他蒙難之際，幾乎無人相救。若說心中毫無芥蒂，那也不是真的。只是躋身名利場，如何不懂得趨利避害乃是常情。更何況如今既然回京，為求自保，就算再不情願，也要裝裝樣子拉攏同僚，以防舊禍重現。

這樣想着，他又強打精神，拱手回禮：「先生言過了。既有此心，在下已是感激。不過你方才說……我被人所害？」

那樂山又噓了口氣，一副為難的樣子：「此話……本不當說。為免再釀禍事，小弟不得不冒死進言了。」

「先生請講。」

「其實當時黃獅子案，是聖上刻意設計的。而幕後主使者便是……便是……」

就算原本不在意，此刻雲起也被吊起了十二分心思：「是哪位？請先生教我，好作防備，不再受害呀！」

「唉，閣下既然這樣說了……你我本是同鄉，就該相互照拂呀！」樂山一咬牙，終於說了出來，「小弟聽聞，幕後主使是那玉真公主！她為情所困，不惜向聖上求旨，勢要嚴懲公子。」

彷彿天降響雷，雲起心中彷彿打潑了墨水，橫湧一片。原來這世上，果真是處處污濘的。

他腦中霎時翻湧千百個念頭，面上卻不動聲色，裝作是被颳起的強風吹得腳步錯亂：「謝先生指教，往後定當留心……」

不是沒有懷疑，但如此刺血淋漓被人說穿，實在難堪之至。

雲起一邊強笑着支吾，一邊不自然地左右盼顧，直至耳畔傳來一個器宇軒昂的聲音：「雲起公子安好。」

一個拔碩的身影出現在門闕，這便是人稱「布衣卿相」的曠古賢相張子壽了。只見他衣戴齊整，步伐矯健，眉宇神采飛揚，腰間別一個精緻的錦袋，袍下施一道橫襴，一派風儀甚整的氣場：「終於得見大才子，老夫心中甚慰。」

「拜見張宰相。」雲起趕忙謝過樂山，趕上前去，並腿跪地，莊重行了跪拜禮，「若非宰相提攜搭救，在下尚且無力回京。」

「不必客氣。」張子壽朗聲大笑，伸手扶起雲起，「公子才冠古今，名滿天下，偶然時運不濟，也是有的。萬倖存着報國心願，老夫怎能不盡綿力。」

在對方沉穩的聲線中，雲起方才的心潮澎湃這才稍稍緩息。

「宰相如此再造之恩，必將終身感懷。」

正值春獵，是百官郊遊牧野的時節。下了早朝，雲起匆匆回府換裝，趕去近郊牧場。之前妻子芳青被送回京城母家養病，如今她連同母親崔氏和弟弟蘭叢一併回身。久未人居的宅院積滿灰塵，芳青正在內外操持，指點着僕廝打掃，總算有了些生氣。雲起出門前，回眼打望一番，心中驀然生暖。

剛剛回京，四處都是留待打通的關係，他只能將雜事交給久病初癒的妻子，自己是無暇顧及了。唯獨對即將科考的胞弟，他還盡力抽出時間勸學：「莫學嵇康懶，且安原憲貧。」

好在這世上總有幾人，是雲起真心求交、且以誠相待的。

春色曉蒼蒼，入目一片透亮和青翠。草葉萌發、野花綻放的原野之上，四處是隨意奔走的馬群，涓涓細流淌過，無限天地行將綠。

「雲起吾友，許久未見哪，可是別來無恙！」鹿陽牽着女兒，還那一副浪跡模樣，亦不失手姿雋爽，走過來大咧咧拍他一下。

彼時鹿陽為救枯淵入京，後來居然與玉真公主相處甚好，更得公主推薦，應詔入長安為翰林供奉——等候詔命的御用文士，陪侍皇帝從事文藝遊賞之樂。倒也合了他的性子。

「與兄久別重逢，小弟甚是思念！瞧瞧，連明月都長大了。」

雲起揖禮相還，看了眼小女孩。

明月是這女兒乳名，只見她快到鹿陽的肩那麼高，不過二八年紀，卻是羅衫葉繡，玉琢粉雕，聞言朝他回以笑靨。

兩位久別的老友相視攜手，當年恣意的時光，彷彿都粼粼回到眼前——那時的少年遊俠們，相逢酒樓卻不流於市井，是何等豪爽勁健、顧盼歡縱：

新豐美酒斗十千，咸陽遊俠多少年。
相逢意氣為君飲，繫馬高樓垂柳邊。[1]

二人正說着，喧鬧聲自遠處傳來，扇形儀仗迤邐行來，坐在高高步輦之上的不正是玉真公主？

雲起猝然心跳飛快，依禮俯身下拜：「微臣參見公主殿下。」

倒是鹿陽無所謂地拱拱身，抽空跟他說：「別擔心，我打探公主的意思，對你其實並無惡意，反是掛念呢！」

雲起聽了，並無分毫的放鬆，甚至拘謹更甚。此女裝作情深，暗地心狠，當年自己就是這樣受騙的！鹿陽此刻與她打得火熱，這話倒不便言說了。

玉真公主從黃金的座駕步下，容止纖麗，螺髻高高疊起，遠遠望見鹿陽嫣然一笑，仍是那番傾國傾城的模樣。

「公主姐姐！」明月見了來人，更是歡悅，撲騰着上前入懷。

「月兒這條裙子好看，下次姐姐再送你一對珠玉步搖，配上就是大姑娘了……」玉真公主笑意更盛，一邊說一邊摟着女孩往這邊而來。

直到走近她發現雲起，登時臉色發白，撫了撫懷中明月的頭，裝作若無其事地寒暄：「雲起公子也在啊。回京就好。」

「謝殿下。」雲起雙手圈合於面前，五體投地又再一拜，被雜花枝幹上的荊棘刺破了手也不在意，但始終不肯抬眼看她。

眾人寒暄幾句，未久，岐王的行駕到臨。大雁成行而過，散落在草原各處的金色日光穿透天際流雲，此刻滙集過來。

這是真正的患難舊友。雲起邁步過去，叩拜行禮，感戴王爺當年為他求情之恩。玉真公主在旁聽到他的話，面色越發沉鬱。

人生不相見，動如參與商。岐王仍然氣度雍容，卻鬢間落滿雪白，面上也是風霜，瞧見雲起，眼中隱隱蘊起淚光。想來被貶離京，老王爺也受了不少悶氣。

念及此，雲起不禁心中抽痛，對玉真公主的恨意也多了一重。

「報！」騎在馬背上的傳信官朝這邊飛奔而來，頭頂摺上巾，高高插一根紅色羽毛，正隨着馬兒的賓士上下搖晃。雲起的心緒不禁隨着那馬那人起伏跌宕——那股架勢，彷彿預示甚麼大事發生。

傳信官剛到便從馬上跳落，急匆匆向眾人行禮：「京中來信，聖上提拔康犖山接任范陽節度使。」

「甚麼？」

眾人當中一片譁然。鹿陽當先接話：「此人草莽出身，如今竟升官如此之快，同時身兼數職！這聖上的心思，我看不懂了！」

雲起望了鹿陽一眼，知他心直口快，又不把公主和岐王當外人，故能暢言無忌。其實依雲起的性子，被貶回京後本不欲多言，但事到如今不免頷首嘆道：「當初張宰相再三上奏，不得看此人善於奉承而太過偏愛，可惜聖上聽不進去。要說僅是攀附賄賂，也就罷了，但他面有謀反之相，如此重用，恐怕後患無窮。」

「別說皇兄被蒙蔽，我看連皇嫂都中了他的口蜜腹劍，整日聽他『乾娘』『乾娘』叫得勤呢。」雖然雲起不理她，但玉真公主的眼神始終投在雲起身上，聽完他的話思索片刻，轉向岐王道，「岐王兄，明日你我共同進宮，前去跟皇兄陳情利弊罷！」

自從聽到消息以來，岐王一直沉默，此刻被眾人看着，咳了一聲：「我大罪剛釋，進言恐怕不得聖心啊……」

玉真公主聽了，噘嘴露出不滿：「隨你好了，那小妹自行前去。」

再度回京，雲起自然做過萬全的準備，通過芳青母弟等關係對宮中事宜多番探聽，以備心中有數。見到如此情狀，他發聲勸道：「此事絕非康犖山一人所為。他入朝廷議事以來，與李月堂尚書走得很近，怕是有所勾連，不易剷除。」

「哼，本宮才不管那麼多呢。」玉真公主秀眉高挑，不再多話，拒了那邊浩浩蕩蕩等候的座駕陣仗，拉過一匹赤紅寶馬翻身離去。

「我說老兄，你現在怎麼前怕狼後驚虎，顧慮重重，一點兒都不像當年的雲起公子了！」

鹿陽讚許地望着女子遠去的身影，昂首，未束的長髮隨風高揚。他牽起明月，帶其騎上另一匹馬，絕塵隨去。

雲起苦澀笑笑，轉頭，在岐王臉上察覺到同樣的哀色。

雲起府邸內，芳青接到來自東籬山的一封書信。她不便替夫君拆信，用手掂量，發覺比一般信件要厚許多。

芳青皺眉，思忖信之凶吉，幾度想要拆來看看，終究還是忍住了。

1　出自王維《少年行》。

# 苦勸

「臣妹這裏沒有金貴的荔枝可供，但有初春第一批摘下的櫻桃，還不錯吧！」

午後光線穿過滿院瓊花照進來，玉真公主道館內，她向座上之人呈上洗淨鮮果，一顆顆鮮紅欲滴地摞起，盛在琉璃器皿內，照出透亮晶瑩。

玉真邊說邊指了指桌邊的小碟糖蒸酥酪：「皇兄蘸上乳酪，酸甜果肉與醇厚奶香相融，更是回韻悠長。」

聖上舒服靠在毛製的軟綿椅背上，嘴含鮮果，閒笑打趣：「你呀，何時變成半個文人了，吃個水果都如此講究。」

座下的大堂中央，身着華麗羅衫的舞姬頭戴胡帽，掛繫鈴飾，起舞時金銀配飾光鮮耀目。畫鼓聲聲響，飄帶飛揚，讓聖上看得心醉神迷的，正是那翩翩拓枝軟舞。

今日是玉真公主生辰，作為最得聖心的內戚，皇上連同親貴王臣紛至館內賀歲。就連剛回京的岐王，以及抱病在身的寧王，都前來出席。雲起和鹿陽也在受邀群臣的列內，不過因為職位不高，只能居於末席。

作為少數知道內情之人，雲起止不住心中的惴惴不安，手指無意識地抓緊衣角。倒是鹿陽神色自若，渾然不憂的樣子。今日情形特殊，明月交與雲起妻子芳青代為看顧，因而沒有跟來。

「皇兄又拿我打趣。」玉真公主順勢撒嬌，捂唇嬌笑，「臣妹後宮婦人，哪裏懂這些，不過博個皇兄開心！」

「還說不懂呢。」聖上打眼掃掃滿席賓客，一副了然的模樣，「你這裏囊集了天下多少才子官人？」

「他們都是朝廷科考出來的士人，個個才高八斗，臣妹可沒有半分作假呀。」玉真這話答得自然，雙手一拍，對席下的領頭宮女遞了個眼神，「好了，上菜。」

端着金樽玉盤的宮人魚貫而入，宴席將至，眾人回座以待。就在此時，府中管家捧一封報信書進門，高聲通報，跪倒在皇上面前：

「聖上親啟，范陽邊疆傳來軍情通報。」

皇上的臉色聞言驟沉，定了定神才發話：「今日慶賀公主生辰，這等消息不要遞進來了。」

「皇兄何出此言？」玉真接話，「朝廷公務遠遠重過臣妹私事，更何況是軍情要事。還是看一眼吧。」

「不看。」皇上揮了揮手堅持，「拿下去罷。」

座下眾人小聲嘆息，無人膽敢進言。為免聖上再生朝臣攀附的疑竇，張子壽耐住性子沒有即刻出聲。雲起心中縱有千般波瀾，也知此時應藏鋒斂鍔，絕非發言的良機。那奉書管家被公主拿眼瞪着，又不敢退下，一時進退兩難。

「皇上明鑒。」紛擾之間，忽聽有人朗聲而起，出席下拜，原來正是岐王，「茲事體大，事關社稷安危。還望皇上確認無虞，我等連同公主方可安心賀壽。」

岐王身為皇上兄長，在當年奪權一戰中屢有戰功，向來受到尊重。儘管被貶謫多日，但如今年事已高，特赦返京，這一發話還是頗有份量。

聖上用探究性的眼神盯着跪下之人，卻始終探不到他低垂的眸子。

「呈上來罷。」座上之人終於妥協，語氣中有些不耐。

翻開信卷，聖上匆匆掃了幾眼，臉色更加不好，忽而「啪」的一聲，驟然拍案而起。在場賓客慌忙翻身跪倒一片，高呼息怒。

玉真公主離得最近，藉機抓過來略讀一遍，也是驚恐失措的樣子，口不擇言道：「康犖山討伐契丹、奚族失敗，已被捉拿送至京城！皇兄，這……」

「慌甚麼。」聖上一拂龍袖，雙手拼到身後，登時威嚴肆溢，「小小契丹部落，不足為懼，就算一時戰敗又有何驚？」

張子壽終於尋到時機，揖禮進言道：「穰苴出師而誅莊賈，孫武習戰猶戮宮嬪。康犖山此乃萬死之罪，請聖上切勿心軟，養虎後患。」

明眼人皆可見，皇上對康犖山實在是不吝寵愛，甚至叫自己的寵妃認其為義子。如今聽聞進諫，他即使對康犖山戰敗再有不滿，但更恨的是眾人緊緊相逼，一雙龍珠陰晴不定地打量在場諸人，希望看出甚麼破綻。

病中的寧王聽到此處，撐着桌子向前跪拜兩步：「咳咳，張宰相所言極是！兵家之重，涉及國運安危，咳咳，皇上切要小心識人啊！」

這話聽起來是為張子壽說項，卻教皇上更加起疑：張子壽等人的居心是否有待觀察？或許今日種種，其實乃是一場蓄謀的圈套。

一念至此，皇上不禁怒意翻湧，拍桌而吼：「康犖山失職當罰，張宰相身為百官之首，識人不明，也是難辭其咎！」

此言即出，滿座都是譁然。鹿陽此刻再忍不住，起身言道：「康犖山並非張宰相舉薦，請聖上明察！」

聖上冷眼瞪向下座：「宰相是眾官首領，理應替朕明察秋毫，即使非他所薦，卻始終是朝廷的戰將。聽鹿陽學士的意思，難道這朝堂之中尚有結黨營私、心志不一的情狀？」

鹿陽還想再說甚麼，被旁邊雲起往回拽了一拽，天威當前，不得不咬着牙止住：「在下並無此意。」

皇上哼了一聲，在上座之間來回踱步：「自張公拜相以來，前後舉薦了不少士子。當中縱有可用之才，但畢竟魚龍混雜，攪得朝局動盪。如今更添戰亂，此事不可再續。」

張子壽跪在眾官之首，不禁輕輕合上眼眸，倏忽間又猛然睜開，起身相拜，語氣已歸鎮靜：「聖上所言極是。屬下之過錯，老臣難辭其咎。望降罪責罰。」

「哼，知錯便罷，罰倒不必了。」聞聽此言，皇上方才稍稍消氣，正色道，「康犖山失利褻職，貶去御史中丞的職位。張子壽用人失察，同時罷去首輔宰相之位。從明日起，召回李月堂接任舊職，安穩民心。」

「謝聖上恩恕。」張子壽俯下身去，望不清神情，但聲音中有股萬念俱滅的坦然。

「皇兄怎能如此不辨是非！」事情並未往預想的方向發展，玉真公主望見座下幾人的頹態，急得玉裙頓起，「張宰相選賢任能，忠耿盡職，自然比那馬屁小人李月堂更勝任！」

聖上再度受到挑釁，剛剛緩和的怒意更盛，轟然一聲，順手打翻了盛着鮮果的琉璃器皿，一時間紅豔的櫻桃滾落滿地：「方才還說甚麼都不懂，轉眼便開始妄議政事？」

玉真哪肯甘心，頂了回去：「臣妹不敢。但見諸位王公所進諍言，皆是為了國之社稷，皇兄何必冤枉良臣？」

「朝政之事，該罰該賞，朕心中自有決斷，哪裏輪到你來教訓了？」聖上面色沉鬱不定，「你這滿座賓客跟張子壽又是甚麼關係？莫非聯起手來演這場戲？看來朕果然太過疼你，當真無法無天了！」

玉真公主向來最受寵，此刻被斥，跪地的諸人盡是驚愕。包括素來疼她的寧王在內，都嚇得不敢多言。

沉默之中，唯有岐王幽幽相助：「公主不懂事，但請皇上念在她一片赤誠之心，切勿動怒。」

玉真哪裏受得下這等委屈，眸中凝起淚花，不願低頭認錯，擰着脖子瞪他。

「怕的不是不懂事，而是被人蒙蔽，別生枝蔓。」聖上終究嘆了口氣，拂袖離去，臨前留下一句，「罷了，看在你今日生辰的份兒上，朕不予追究。你且散了門客，閉居在府，自己想清楚吧。」

自始至終，雲起都沒有發言，靜默跪在最後一列，冷眼旁觀這幕鬧劇。

「我要走了。」

熙攘的人群漸次散去，鹿陽進入公主府的裏屋，卻見玉真趴在檀木方桌之上，喝到爛醉，髮髻凌亂，酒壺也歪倒一邊。他嘆了口氣，終究如此發聲。

聽聞聲響，公主抬起頭來，微微睜開醉眼：「是啊，你也要走了……就不能再陪我一晚嗎……」

鹿陽咬了咬牙，抱拳吐出一句：「謝公主殿下關照。在下意欲離開京城，特來拜別。」頓了半刻，那廂方才反應過來：「你說甚麼？你要去哪裏？」

「尚且未知。」鹿陽面上湧現幾分闊達，朗聲長吁，「不過天高地大，千丈萬丈，總有地方去。」

玉真公主徹底慌了神，抬腿欲往這邊起身，不料卻被桌腳絆倒，跌落座席之上：「你別……不可再走，留下本宮孤自一人！」

「公主殿下的身邊，總會有許多人。」鹿陽皺了皺眉頭，上前扶起女子，「不缺在下一個。」

「不，不要走……你又要走了……」玉真怕是醉意上頭，言語間磕磕巴巴的，聽不清在說甚麼。

「臨行前，在下贈詩一首，聊表心意吧。」鹿陽見此，明白多說無益，強撐笑顏，上前飲盡壺中酒，取出背後的寶劍，欣欣仗劍而舞。

只見他腳步蹁蹮，耀如羿射九日落，矯如群帝驂龍翔，時而點劍而起，足不沾塵，落葉紛崩。卻聽那劍舞之歌，其詩蒼勁，其音鏗然：

玉真之仙人，時往太華峰。

清晨鳴天鼓，飆欻騰雙龍。
弄電不輟手，行雲本無蹤。
幾時入少室，王母應相逢。[1]

陣陣引吭高歌之聲，似乎在為失態落魄的公主招魂。

他將雷聲滾滾，比作鳴天之鼓；狂風大作，好似龍騰雲海；撥弄閃電，如電如虹；踏霧行風，便是來去無蹤——乘雲氣，騎日月，遊游乎四海之外，王母娘娘也不過如是了。

卻見玉真的眼神乍明乍暗，凝望那醉舞狂歌的謫仙之人。直至聽過全詩，她心緒起伏難平，忽而捋一捋鬢邊的額髮，巧笑顧盼：「若說臨別相贈，請鹿陽公子贈些別的罷。」

「甚麼？」鹿陽收起長劍，醉眼矇矓地瞟過來。

「甚麼鳴天鼓、騰雙龍，甚麼弄電行雲，別只說說罷了……」

玉真公主撐着起身，邁起打晃的步子走近對方，遞來絲絲媚眼：「這些年來，我實在過得孤寂，直至等到了你……」

天與地倏忽之間茫茫一白，洞徹虛明，化作了無顏無色的水。

鹿陽感到被水包圍，周身濕漉漉一片。他彷彿成為遠古的鮫人，在海底漂游、吟唱，在蒼茫中翻舞。大海一波一波地蕩漾，海草隨潛流起伏，天光從頭頂籠罩。

「你不要走……我對不住你……對不住他……」蕩漾波浪中的玉真如同溺水一般，意識已近模糊，緊緊抱住對方，不知在對鹿陽吐露心聲，還是將他錯當了旁人，「這些年，我總是念着你啊……」

鹿陽聞言，反手抱了回去——他劍眉驟然皺起，眼中射出了一道精光。

1 出自李白《玉真仙人詞》。

# 恩怨

當眾公報戰情一事，雖然打壓到康犖山的氣焰，卻也駁了天子顏面，失了聖心，最後還要張子壽自請降責，遷為尚書右丞相，方解此圍。而善得聖心的李月堂復回高位，大權獨握。

那是個心機深沉的老臣，擅長排斥異己，打擊政敵。他自身不諳詩書，天生反感文人，一就任便廢了張子壽留下的選拔途徑。加之聖上年事漸高，猜忌黨私之爭，樂於見到朝局穩固不變，以致言路蔽塞，世情難達天聽。

為裁減文臣，李月堂提議重用蕃人——蕃將驍勇善戰，且在朝中少有黨援。那康犖山便是蕃人。

康犖山本就慣會賄賂，常把俘獲雜畜和奇珍異寶大批獻給朝廷，不僅認了聖上最寵愛的貴妃做母，還哄得貴妃為他濕身洗浴三天三夜，此等謠言整個皇宮都傳遍了。據說每逢進宮朝見，他都要先拜望貴妃，聖上聽聞，曾半氣半笑地問：「你這胡兒不拜我而拜妃子，是當為何？」康犖山答道：「臣是胡人，胡人總把母親放在前頭而把父親放在後頭。」[1]

又及，此人驍勇善戰，腰圓膀闊，入京不再征戰後愈發大腹便便，有一次聖上故意調侃說：「你這胡兒腹中裝的甚麼，竟如此大？」康犖山回道：「無他，唯有對陛下的一片赤誠之心。」

如此口甜舌滑，懂得隔山打鳥，使他甚得聖心——即便征戰失利觸犯死罪，也只輕罰，三個官職削去一個而已。

那日宮闈之中，康犖山趴在地上委屈哭訴：「陛下！臣是個胡人，粗枝大葉，文墨不通，心思更是單純。不料您的寵愛反而招來群臣嫉妒，還設計要臣的命啊！」

聖上望着他那副可憐相，被玉真等人引出的悶氣轉為暢快，笑着示慰：「孩兒莫怕，有朕在，沒誰敢動你一根毫毛。」

見聖意還在自己這裏，康犖山得以安心，繼續示弱了一陣才告退。

他步出內宮，往宮門處踱步，正巧瞧見雲起、鹿陽二人，臉上的神情由懦弱無辜變為精明狠絕，又在須臾之間收斂，定了定神走上前去。

「見過雲起御史，鹿陽供奉！」他一拱手，行了個漢禮。

那廂雲起沒料到政敵主動來找，出於禮節也一拱手。倒是鹿陽背手不理，一臉倨傲。

康犖山也不惱，反而對着鹿陽搭訕：「往年所見鹿陽公子，還是重情重義的翩翩少俠，如今搭上公主成了朝堂貴人，果然不一樣啊！」

鹿陽冷眼瞥他：「有甚麼話就直說，何必遮遮掩掩？」

康犖山裝模作樣地嘆口氣：「本想着你我有舊情，在如履薄冰的京中理當相互扶持，怎地成了仇敵！叫泉下之人知道多難過啊！」

雲起聽這話似乎有內情，皺眉盯着鹿陽。卻見鹿陽挑了挑眉，語中都是不屑之意：「心底無私天地寬，任你怎說，我都有臉去見泉下的她。反倒是你這含譏帶諷的樣子，讓我不愛交往——道不同不相為謀，告辭。」

康犖山見這套不奏效，終於氣急，露出狠狠威脅的面色：「那就念在你我舊情份上，好心提醒一句：跟張子壽走遠一點，小心他被雷劈中的時候平白牽累！」

「好啊，看來你打算做這道驚雷——那就祝你順利劈下，小心中道崩殂！」

直到康犖山走遠，雲起方才轉向鹿陽：「你何時跟這等狼虎之人有舊交了？」

「此事說來話長！」鹿陽噓口氣，低首垂眸，斂了一身的銳利，「張子壽找你有事……改日再說罷！」

進諫一事過後，忠心進言的岐王和玉真公主接連失寵。岐王本就年老多疾，這一受氣更是加重病情，自此臥床不起。玉真公主原本頗有幾分手腕，能在聖上的面前說幾句話，此次實在是輸於急躁。

經過與一眾幕僚商討，張子壽決意上疏進諫，重提吏治革新，規勸聖上徵召德才兼備之士為吏，居安思危，整頓朝綱——以「王道」替代「霸道」的從政之道，重在保民育人，反對窮兵黷武。因此，張子壽囑雲起再入公主府，藉着致謝的意思，邀對方助力。

此事雲起本不情願，對於這位曾經的愛侶，他實在愛恨交織，恩怨難明，不欲再有瓜葛。但想到既然回京，必將身陷波濤洶湧，多一條路也是必要，只得壓下前塵種種，拿着張子壽的帖子孤身拜會。

屋子仍是酒氣瀰漫，底下一排樂師，鳳笛玉簫齊鳴，或吹或彈，或敲或擊，奏鳴中自有和悦。卻見那絕麗女子倚在上座，半瞇醉眼養神，鬱鬱寡歡的樣子，不甚清醒。

雲起對此情狀已然習慣，自顧自拱手，進了言。

聽完他的話，玉真公主這才睜開雙眸，揮揮手讓樂隊下場，而後秀眉蹙起，細細打量雲起。

曾經的翩翩公子，如今面上已添老舊，不復少年飛揚意氣。玉真公主想起當年所為，心頭略有失悔，言語間不免帶了些關懷：「張子壽之事，本宮知曉了，屆時自有分寸。倒是你……這些年過得如何？」

雲起或許受得了公主發火，卻受不了這等柔情，只因前者契合他心中怨氣，後者卻教他如鯁在喉。他俯身下拜，偏不與對方直視作答：「感戴殿下關心，微臣擔當不起。」

「唉。」玉真公主見他如此，不由嘆了口氣，「往日你我年少，難免做事極端。好在你如今回京，也沒受到甚麼損害，沒有重蹈枯淵覆轍，本宮心中稍安。」

並無損害嗎？雲起心中冷笑三聲，面上卻不顯露。

不提枯淵還好，一旦提起，反而激發雲起的滿腔恨意。但他將情緒藏於眸中，還是低眉順眼，淡淡答了句：「公主殿下說的是。張丞相的話已帶到，微臣告退。」

「你……執意如此嗎？」

大約被對方的冷漠刺到，玉真公主秀眉緊蹙，眼中泛起水光：「你可知道，當年枯淵遭貶，並非只因區區賀歲詩——而是父皇認定他參與諸王之間的政鬥，才被當作靶子，隨意找個藉口調離罷了。」

雲起何嘗不明白，玉真公主明裏提及枯淵，實則是為暗示：「黃獅子案」也因自己遊走權貴當中，捲入皇族政鬥而被猜忌。說起來，他只是政鬥的犧牲品，往日種種，其實不能全怪公主。但他想起那些年在泥濘打滾，以及連累的家眷和岐王，芳青的病到現在尚未痊癒，這口氣怎麼也嚥不下去。起心動念，皆是因果，這位生來便金銀佐酒的皇家天女，也該為自己的任性負責了。

於是他不接她的話，繼續跪在冰冷地上，語氣中毫無親近，仍是不卑不亢：「殿下保重。」

卻聽那座上之人幽幽發話：「猶記當年岐王府中，你素手撥弦，撩動人心。此生有緣再聽一曲嗎？」

雲起心中顫動，正要拒絕，玉真公主已差人送來樂器——正是當年初遇所奏的那把梨木琵琶。

他平生最恨之事，便是被人強行安排了。雲起暗自咬牙，頓了片刻：「在下顛沛流離於郊野，殫心竭慮於政事，不奏樂已久，要教公主失望了。」

「最後一曲。」玉真公主卻是出奇的堅持，話中含着哀傷，「古有高山流水斷弦明志，公子意下如何？」

高山流水的典故不是這麼用的。雲起心中發笑，口中卻如此說道：「既是高山流水，且讓在下奏古琴罷。」

「好啊，上古琴！」但凡他願意，玉真哪有不肯的。

原來那日府邸接到枯淵來信，書中密密麻麻寫滿反對雲起入仕的勸誡。或許也知勸誡不成，枯淵還附了一則樂譜。此曲《酒狂》，為前朝名士[2]所作。雲起讀畢，深覺那股子狂蕩恣情，儼然枯淵的隔代知音。

沉重長音和低音，樂聲迷離搖盪，如同醉酒的文士步履踉蹌；「長鎖」指法奏出連串反覆的同音，琴聲流動如注，好比滿腔怒火一洩千里——可見奏琴者表面佯狂，心中積鬱不平之氣……借這首直抒胸臆的曲子，雲起的琴技不再像早年炫技，而開始表述內心。

一曲畢，玉真公主似乎聽懂了甚麼，又似乎沒有，眼神望向窗外發呆。雲起不出一言，施過禮起身欲走。

踏出門前，忽聽公主輕嘆一句：「鹿陽公子不知道受了甚麼刺激，決意離京，我怎麼説都不聽……你去勸勸他罷。」

「微臣受命。」

雲起下意識答過之後，胸中驟然意氣翻滾上頭，忍不住略帶鋒芒加了一句：「臣恭賀殿下如皇祖母那般，找到意中良人，同心攜手，鸞鳳和鳴！」

玉真公主的皇祖母晚年偏寵男侍，甚至因此賜死私下議論的皇孫皇婿，是皇家難言的傷疤。雲起如此言語，委實過激了。

他抬頭，望見玉真含淚委屈的眼神，彷彿一隻受傷小鹿在舔舐傷口。雲起心中顫動，確有不捨，幾乎就要示軟。但強撐的尊嚴讓他按捺住，轉身昂首出了門。

在這一刻，他似乎又回到了當年那意氣方剛的少年。

時入深秋，天氣燥悶。東籬山的枯淵茅屋遭遇大火，宅院盡燬，每日只得喝粥度日。家眷責怪，他卻指着滿床雜亂的書籍自嘲：「有此不貧矣！」

文士顏延之曾與枯淵交好，在東籬山附近為官時常常造訪，每往必酣飲致醉。後來他調遣離去，此際得到噩訊，派人送來救災銀錢二萬。枯淵妻子原在山下借糧，聽樵夫傳來消息，懸着的一顆心終於放下，趕回茅屋，卻見衣服鬆垮的枯淵臥於破爛草蓆，手持酒壺狂蕩恣情，儼然不知今夕何夕。

「顏公送來的錢呢？」妻子急急問道。

枯淵張開迷離的醉眼，呼出都是酒氣：「我已送去酒家。以後拿酒方便。」

妻子大怒：「全部送去了嗎！那家中新屋怎麼修，你要我娘倆去哪兒住？」

枯淵蹺起二郎腿，答得悠然：「你跟了我這麼久，怎麼還如此境界？大丈夫以天為蓋，以地為輿，要甚麼屋子？」

1 故事出自《舊唐書》。
2 指阮籍。

# 紅顏

「鹿陽兄，鹿陽兄！留步！」

前頭那人那馬漸停，後者快步追上。

夕陽下城牆，長安城隱在黃昏當中，被陣陣朦朧的橘色籠起，柔光溢彩。

雲起勒馬，行到摯友身邊：「你我相交一場，此次重聚不久卻又別離。然而若非旁人告訴，竟不讓我知道，連離亭宴都免了嗎？」

鹿陽的面上飛過一絲慚意，抱着女兒下馬，作了個手勢，二人步上城垣階梯：「請。」

殘餘的光線映照城樓，蔓草花紋爬上含光門，磨磚對縫的門隔牆厚實端正，腳下是護城河環繞。站在高牆之上極目遠眺，這座城池顯得格外靜穆。

二人緩緩走了許久，明月安靜跟在後面，擺弄着手中的九連環玩物，倒也不悶。還是鹿陽耐不住性子，搶先發話：「你此番前來，若想勸我留京，那就不必了。」

「張公雖受牽連，但畢竟沒有離開京城，還不算全輸。」雲起噓了口氣，「為免朝局更亂，我等切忌意氣用事、自亂陣腳。兄台驚世高才，為何不肯留下共商應對？」

「我等區區翰林供奉，不過借公主幾分薄面，落到聖上眼裏，就是個寫詩賞畫以助興的文辭之士罷了，給他和貴妃的花間調情增趣，哪有資格妄議朝政？」鹿陽垂下眼睛，碎光掃進他的睫毛，在面頰留下斑駁掠影，「話說回來，如今一團渾水，又能做甚麼？」

雲起聞言，眉間緊緊蹙起：「兄長所言極是，我何嘗不知官道渾濁！若說我這監察御史，其實又有幾分實權？只是實在看不下那李、康小人得勢，從此朝廷排斥賢才、蔽塞言路！若此時退了，如何對得起天下士子，如何過得去聖賢古訓？」

鹿陽重重哼了一聲：「李月堂向來根基深厚，也就罷了。只是康犖山奸詐之徒，狼子野心，居然得到如此厚寵。這皇帝老兒怕也是個昏君，幹甚麼侍奉他？」

「不可說！」雲起趕忙噤言，環視四周，「這話被旁人聽見，怕又是一場風波。」

「此次見你，當真與往日不同。怕不是貶謫數年，整個人都傻了吧？」鹿陽愣了半刻，仔細打量面前的人，低聲嘟囔，「如此情狀，實在了無意趣，真不知玉真為何對你念念不忘！」

聽到鹿陽如此說，雲起訕笑幾聲沒有接話，心頭卻掠過陣陣不解。

他一直認為玉真公主對他全無真情，不然怎會如此狠絕，毀了他極為珍視的仕途？可他太了解鹿陽了，對方素來耿介，更無必要在這種事上矇騙自己。那公主的心思究竟如何呢？

嘆了口氣，雲起想不明白也不願多想了：「還是先活下來，再談意趣吧。」

「若只想活着，那又何難？」鹿陽昂首，長嘯聲融入金邊一般的輝煌落日，「去那東籬山麓，枯淵不也自耕自種活得挺好，反倒逍遙自在，乃不知有漢，無論魏晉……」

「既如此，鹿陽兄當年為何不留在東籬山？」

這句話宛如一道鋭利的刀鋒，遽然截斷了對方的萬丈豪情。

這是二人首次提及枯淵，也是雲起首次追問鹿陽的前塵往事。

「不似爾等胸有大志，申管晏之談，謀帝王之術。我更在意的是情誼二字。」那謫仙之人喟然輕嘆，取出背上寶劍，眼帶溫柔，「你還記得康犖山那日所言麼……月兒母親是一胡人女子。當年我在東籬山上跟枯淵學藝，悶得不行，便藉口下山歷練，去了西域邊關。

「明月出天山，蒼茫雲海間。長風幾萬里，吹度玉門關。[1] 初遇她時，是一個明月夜。」

鹿陽的拇指無意識摩擦劍柄，向虛空中瞇起眼，陷入某段回憶當中：「我還記得，曳地的皎皎月光將湖面照得透亮，彷彿白玉做成的鏡面一般。她身着一襲大紅長襖，冰魂素魄，自湖的那頭飛來。那一刻我竟以為是九天仙子下凡。」

「能被你這個謫仙稱作仙子，必定湛然不似凡人了。」雲起説着，目光不禁飛到一旁獨自玩得開心的明月。明月夜，明月光，顯然，這是小姑娘名字的由來。

「我們就這樣迎着月色如霜、對斟大江，過了一番神仙眷侶的日子，也不理世事，只管恣意快活。直到……那時我性子急，有次與她爭執不下，便悻悻離去。」

鹿陽舒了一口氣，露出黯然之意：「然而回東籬山之後，我卻發覺觸目所及皆是思念，不復以往心境了。過了半月，我打定主意正式下山，可這話對枯淵始終說不出口……

要說枯淵此人，祖上曾是大將軍司馬，門第輝煌，家教自不待言，因而自視極高，少年時也求兼濟天下：猛志逸四海，騫翮思遠翥。可惜後來他家道中落，祖上的積蓄耗盡，生活每況愈下。待到他成年入仕，又自恃才高，滿身傲骨開罪了權貴，被發配到鄉郊野嶺，歷經幾進幾出，終究解歸而去。

自歸田園後，此人愈加無酒不歡，但凡有酒設宴成席，無論主人是誰，皆欣然前往，酣醉方歸。我就在那時與他結識，為其驚世才華所服，拜入門下。

記得某年九九重陽，山中無酒，枯淵於宅邊摘菊盈把，攜至野外，側置久坐，凝神遠望。忽有一白衣人趕到，原來是官府小吏受刺史王弘之命前來送酒，解了無酒之急。枯淵大喜過望，當即邀眾人酌飲，盡醉而歸。又有一次，枯淵正在釀酒，郡中將領前來探望。適值酒熟，他便順手取下頭上葛巾漉酒，漉畢之後，仍將葛巾罩在頭上，不顧濕濕嗒嗒淋下的酒水，繼續接待客人……

如此真率超脫，頗對我的胃口！因此，我與枯淵不僅師徒情深，更是生死託付的摯友——留他一人在山上，實在負了他的心意！可一想到那胡族女子，我又不能不如此！

既無法當面出口，我只得不告而別，從此再沒顏面去見舊人……不料，待到下山尋她之時……一切已物是人非。」

晚霞籠罩了整座城池，殘照如血，彷彿在訴説古老的故事。

「那胡女原是突厥女將軍，個性頗為要強。彼時鬧了不快，正是因為她執意回突厥參戰，而我是個難提兵刃的漢族文人，如何隨去？

誰知胡人族群四處遷徙，當我再到西域，花了將近半年才找到她的部落，卻得知她在對抗大食的戰爭中身亡了……

聽聞那場戰役相當慘烈，連部落的首領都被弒殺，幾乎亡國。至此我才痛悔，當年非但不應阻她參戰，更該助她一力才是。對了，康犖山跟她是同族戰友，往日我與她相好，因而見過幾次。後來他們滅了國，活下的族人零落四方，也就再無音訊。至於他是怎樣混到如今高位，我卻全然不知了。」

他説着，看好友一眼。雲起點點頭。

「我懷着憾疚四處雲遊，苦練技藝，心知報仇無門，但還單槍匹馬行刺大食國將領，雖手刃數人，自己也身中劍傷，至今沉疴難癒……直到有位老嫗從帳篷裏抱出一個尚在繈褓的女嬰——原來她離去時已有身孕，卻不得不生產未久便上了戰場。不然憑她的武功，至少可以自保。」

三人陷入沉默，直到夜風襲來，鹿陽打了個寒戰，驟然拔出寶劍，仰天嗚嘯。只聽他擊鋏長歌，如宮商疊奏，音韻鏗鏘，彷彿清水自泉眼中汩汩地湧出，脫口便是一首悼亡詩：

長相思，在長安。
絡緯秋啼金井闌，微霜淒淒簟色寒。
孤燈不明思欲絕，卷帷望月空長嘆。
美人如花隔雲端。
上有青冥之長天，下有淥水之波瀾。
天長路遠魂飛苦，夢魂不到關山難。
長相思，摧心肝。

日色欲盡花含煙，月明欲素愁不眠。
趙瑟初停鳳凰柱，蜀琴欲奏鴛鴦弦。
此曲有意無人傳，願隨春風寄燕然。
憶君迢迢隔青天。
昔時橫波目，今作流淚泉。
不信妾腸斷，歸來看取明鏡前。[2]

詩人神色張揚，若魚擊水兮萬里，似鳥縱翼兮排雲——夢魂飛遠，尋找他思念的戀侶去了。然而天長地遠，上有幽遠難極的高天，下有波瀾動盪的淥水，更兼關山重重，終究兩處茫茫皆不見。

一曲畢，鹿陽好似燭火燃盡，肆意張揚的身體蜷縮下來。雲起也在旁聽得黯然神傷，倒是明月歪着小腦袋，像聽懂又像沒懂一般，手上還在擺弄九連環。

「紅顏已逝，此恨難絕，你覺着我還在意甚麼朝廷紛亂嗎？」鹿陽慢慢收寶劍回鞘，撇嘴嗤笑一聲，「且給他們鬥吧，估計不用多久，就是狗咬狗了！」

「賢兄歷經大喜大悲，難免勘破世事。」雲起抹了一把眼眸，走上前去，「然而，置萬民於水火不顧，這也不是我認識的鹿陽兄啊。」

鹿陽有些震動，回望對方許久，這才幽幽道：「可我又能如何呢？一介草民之身，不過寫得幾句詩，並不真受重用。加上惡疾又重，更加心意煩亂……」

「甚麼！」雲起聞言訝異，「當年劍瘡舊疾還沒好嗎？」

「傷口早已癒合，只是夜間偶爾隱隱作痛……」鹿陽聲音低下來，眼神閃躲。

倒是一直默不出聲的明月突然抬頭，舉起手中九連環：「爹爹，我解開了！你說我要解開了才可以說話。你明明每晚痛到打滾的！」

「月兒，休要胡說！」鹿陽朝她做個手勢，一面跟雲起強作笑顏，「所以我要離開，尋個僻靜處好生休養。」

雲起不受他的擾亂，跟明月細細問詢清楚，轉頭斷言：「如此情狀你更該留在京城，尋個太醫診斷清楚。」

「天大地大，總也有名醫三千。況且離了京城，說不定心境廣闊……」

「那你便更加縱酒放肆、不意調養了！」見鹿陽還要掙扎，雲起徑直拽過他的胳膊，「官可以不做，命不可棄置。若還認我這個舊友，跟我走！」

暮雲掩重樓，夕陽落遠山，一輪彎月漸次升起。

月色所照之處，公主府邸內，玉真脫下繁飾錦袍，散了雲燕等一眾侍女，癡癡望向葵花銅鏡中的自己——幾日宿醉，那傾國容顏也褪去光彩。

一顆淚珠落到嘴角，她終於將心事喃喃出口：

「小時候，在皇祖母嚴密的壓制之下，我日日膽戰心驚，生怕說錯一句話就要被罰，落到跟母后一樣的枉死下場……直到長大以後，皇兄終於臥薪嘗膽奪了權，他跟我說：昂首做人，再不過戰戰兢兢的日子！於是我建了府邸，入了修道，廣納門客，從心而為，生活奢靡到朝臣看不下眼，也拿我沒有辦法。

「然而與那人相處，數十年未曾出現的無力感卻重新湧出。無論是給予賞罰、脅迫還是示弱，都無法叫其扭轉心意——如今我才知道，這世上最難得到的，是人心。」

---

1 出自李白《關山月》。

2 出自李白《長相思二首》。

# 弦斷

幾經周旋，張子壽一派以推崇新法為由，終於重振綱紀。對於此事，李月堂竟然不與之抗，卻暗地裏進讒言，攬得聖上對張子壽的厭棄愈發濃烈。在李月堂的排擠下，雲起被調派離京，以監察御史的身份出塞河西，奉使宣慰，兼任河西節度使判官。

到了河西涼州，經阿栗提醒，雲起想起舊日老友，派人去尋那李氏將軍。然而待到找來李將軍，卻幾乎認不出來了——只見那人煙塵滿面，鬢邊生霜，最駭人的在於他竟失了往日習武神采，雙臂大約長了瘍瘤，很不利落，連行走的步履都慢了。

「李將軍……」雲起輕喚一聲，已然哽咽難言。其實他何嘗不知，自己如今也不復少年風姿了。

阿栗上前扶住老將，忍不住抹淚：「怎麼李師父變化如此大？」

李將軍咳了一聲，喟然長嘆：「雲起公子來得正好！若是晚些日子來，恐怕就見不到了！」

「將軍怎麼說如此喪氣話！」

「唉！想當年我年方十五、二十，能徒步奪得胡人的戰馬，一力射殺山中最兇猛的白額虎，身經百戰馳騁三千里，一劍抵擋百萬雄師。然而自從年歲漸大，便逐漸被棄置不用，待在軍中也只偶爾做些雜務。後來邊關少有戰事，我更被遣送回鄉，不得不自尋生計，耕作為業，偶爾甚至要去路旁賣瓜。

與家人重聚，他們固然欣喜，我卻高興不起來。即便久不習武，我也不願就此消沉——年紀雖老，但畢竟還是將士之身啊！直至前些日子，西北賀蘭山出了征戰告急的文書，三河一帶徵召諸路將出兵。我在家待不住了，一心想着請纓殺敵，於是磨光昔日的鎧甲，重操武藝，隨軍來到前線。不知朝廷是否願意任用老將，但我無論如何都要一試，因而在此地等待徵召！」

雲起聽罷李將軍的這番話，大為感慨：如此老將，何等志氣！若是給他機會，定能殺敵立功。

「老當益壯，猛氣猶存，名將之風也！」

雲起這樣説着，胸中激起氣勢波盪，脱口賦詩道：

少年十五二十時，步行奪得胡馬騎。
射殺中山白額虎，肯數鄴下黃鬚兒。
一身轉戰三千里，一劍曾當百萬師。

自從棄置便衰朽，世事蹉跎成白首。
昔時飛箭無全目，今日垂楊生左肘。
路旁時賣故侯瓜，門前學種先生柳。
蒼茫古木連窮巷，寥落寒山對虛牖。
誓令疏勒出飛泉，不似潁川空使酒。
賀蘭山下陣如雲，羽檄交馳日夕聞。
節使三河募年少，詔書五道出將軍。
試拂鐵衣如雪色，聊持寶劍動星文。
願得燕弓射天將，恥令越甲鳴吳軍。
莫嫌舊日雲中守，猶堪一戰取功勳。[1]

老將一生征戰無數，卻因年老被棄，更落得躬耕叫賣的地步——即便如此，他仍然心懷報國之志，實在是可頌可泣。

此詩從主人公的少時說起，起勢飄忽，駭人心目，待到其勢蓄極，由此噴薄湧出。諸處俱不失其健，全以氣勝。七古長篇概用對句，錯落轉換；雄姿颯爽，獨行風骨；滿篇風致，而後廣傳傳頌，大家見識也。[2]

李將軍聽聞此詩，也是擊節高喝，眼中蘊蘊含光。

此後雲起遊歷邊關長達數月，受到老將的激勵，不畏環境艱苦，反倒平添了幾分豪情，也對鹿陽往年的塞外經歷更能感同身受。他想起《楞嚴經》上說：「若能轉境，則同如來。」京中紛爭和人情冷暖給他帶來的悲戚，在大漠的雄渾壯景中，得釋豁然。

反觀京中，此時卻是一片混亂局面。

經過幾場博弈，雲起、鹿陽被調，玉真、岐王失寵，張子壽失了左膀右臂。一再進諫引得聖上猜疑，反對窮兵黷武的政策更加不合聖心——如今國力看似昌盛，聖上正是志得意滿，認定天下無不勝之仗。

趁着如此當口，李月堂藉機獨攬朝政，蔽欺天子耳目。

曾有諫官上書言政事，被李月堂斥責貶黜。他還召集御史諫官，以語動之：「如今明主在上，群臣皆應順從聖意，何須甚麼諫論？諸君請看聖上儀仗裏的馬，終日無聲，而能得到上等糧草飼養；但只要一聲嘶鳴，即刻被黜出去，後來雖欲不鳴，也難徵用。」此時雲起不在，眾御史群龍無首，被幾次唬弄之下慌了心神，由是，漸漸無人再敢直言諫諍。[3]

待到雲起趕回，已是春日將盡。在朝中獨力難支的張子壽被李月堂設局謀害，說他薦人不力，終被聖上厭棄，貶作荊州長史，不日即將離京。

當此危機之下，眾人盡皆感到憤鬱，為他設了一場送別宴——來者皆為朝中的同道中者，或取諸懷抱，悟言一室之內；或因寄所託，放浪形骸之外，都是恣意抒懷、排遣失意罷了。

「鹿陽兄，鹿陽兄，不能再喝了！」雲起剛進廳堂，便看見好友醉醺醺的樣子，忙上前相攔，「你癰疽之病未癒，太醫囑咐切忌飲酒過度。」

「對酒當歌，人生幾何！譬如朝露，去日苦多……」[4]

鹿陽散開頭髮，一隻手伸出趴在桌上，半瞇着眼已是神志不清：「去日苦多，唯有一醉解憂……」

或因無力與命運抗爭，酒狂唯一的解脫，便是及時行樂。只是旁人也就罷了，鹿陽本就患了重病，這樣放肆地縱酒食鮮，實在教人擔心。

「縱有千般憂愁，總要顧及身子啊。」雲起勸道，「你不為自己想，也要為明月想想。」

「月兒是我的女兒，她會懂得！」鹿陽似從夢中驚醒，猝然立起，一面以手擊節，一面放聲高歌：

花間一壺酒，獨酌無相親。

舉杯邀明月，對影成三人。
月既不解飲，影徒隨我身。
暫伴月將影，行樂須及春。
我歌月徘徊，我舞影零亂。
醒時同交歡，醉後各分散……

從今往後，故人難聚。即便舉起酒杯邀引明月共飲，也只有明月、我和我的影子三人。醒時共同歡樂，醉後卻各自分散。此句詩情波瀾而純乎天籟，寫出了刻入骨髓的孤寂。

吟至最後幾句，他的手茫茫然揮舞虛空當中，聲音低落下來，黯如烏雲降臨。

在場諸君念及別離之景，無不收斂了浪情宴謔，轉而涕淚連連，一時哀聲片片。

一方沉寂之中，只聽清麗的女聲打破哀沉。

永結無情遊，相期邈雲漢。[5]

到訪的玉真公主換了身素袍，少有地塗上淡妝，此刻面色頗為沉靜。只見她邁步走到鹿陽身側，拾過他杯中尚餘的半碗酒，仰頭飲盡。

何必悲觀？若能結下這忘卻世情的交遊，天上地下，總有相見一日的約期。

那廂鹿陽驀地從激烈情緒中抽出，雙手還保持原來的姿勢，癡然凝望眼前的女子，良久未動。眾人也都愣住了，唯獨幾個清醒的，正感到左右為難。

「好！」倒是高堂之上的張子壽鎮定自若，當先撫掌叫好，「公主殿下不讓鬚眉，出口便是氣度過人，叫爾等佩服！」

雲起見此，和張子壽一唱一答地緩和氣氛：「素聞張公雅善辭文，如今別離在即，不若也賦詩一首，為我等仰慕追隨者抒懷。」

「雲起公子過譽了。」張子壽走下亭堂，思索片刻，拂整衣袖道，「老夫獻醜，便以『明月』為題罷。」

海上生明月，天涯共此時。
情人怨遙夜，竟夕起相思。
滅燭憐光滿，披衣覺露滋。
不堪盈手贈，還寢夢佳期。[6]

有情人怨恨漫漫長夜，徹夜不眠只因苦苦思念。熄滅燭燈，滿屋月光熒熒；披衣起身，露濕衣衫滋滋——可見月華雖好，但不能手捧相贈，倒不如回轉夢鄉，覓取佳期，與君歡聚。

「好一個『海上生明月，天涯共此時』！紓解別離之痛，教我等豁達。」雲起當先起身讚言，引來紛紛相合。

「長沙不久留才子，賈誼何須吊屈平。在下敬子壽一杯。」同僚幼麟也吟出雲起早年的詩作，轉卻了眾人注意。

雲起並非沒有瞥眼瞧見，玉真公主就在眾目睽睽之下握住鹿陽顫抖的手，甚至不意避開身邊的明月。

小姑娘倒不掛懷，給自己斟了半杯酒，頑皮似地一口口舔着。那股子自在，與周遭喧鬧隔開一道涇渭分明的界線，倒讓雲起想起記憶中的某人。

當年枯淵在這等宴會上，該也是如此畫面吧。

雲中傳來縹縹緲緲的琴鳴，空氣中迷漫着酒味。清音顧盼之間，氣氛變得讓人心猿意馬。

雲起收回餘光，墜入到自己的思索當中，心頭殤愴。

景物寓目，歌樂寄情，乃是詩者的本份。每每見鹿陽，那人總如曜日當空，永無倦意、恆久高昂地熾烈燃燒。而雲起自己，卻無奈沉浮在渾濁的世事已久，彷彿淌過一段既有冷霜、又有豔陽的短暫時光，恍惚於那種昏昏睡去的慨息。他只能仰望那寂寞閃耀的光亮，彷彿多年前自己被人仰望一般。

他正這樣想着，卻聽耳畔轟然一聲，有酒杯墜地的清脆絕響。

「爹！」

「鹿陽兄！」

雲起轉頭，入目正是那謫仙之人倒下去的身影。

霎時間觥籌混亂，眾人紛紛圍過來，手腳忙亂將鹿陽抬進裏屋，施以急救，又着僕役去請太醫。

「不必強求了。」鹿陽躺在檀木床上，過了許久才悠悠睜開眼，望了望諸人，「雲起……愚兄有話囑託。」

雲起正以衣袖拭淚，連忙上前：「但求兄長撐住，太醫正在趕來的路上。」

「我其實早知今日，那時才急着要走……這病乃是為她所得，如同那柄寶劍一般，是我不願捨棄的印跡……」鹿陽說着，唇角居然含起笑意，「若能由此而死，倒也得償心願。」

對方的聲音輕輕，只有雲起明白在說甚麼，氣得啞然難回，只得握住鹿陽的手黯然泣道，「鹿陽……你怎可狠心而去，拋下我、拋下枯淵、拋下公主、拋下明月啊！」

「這正是我要求公子的事！」鹿陽咳了咳，勉力抬手招來明月，「自生自滅於天地間，原本最是合我心意。我唯一放不下的，便是月兒……月兒，給雲起叔父磕個頭，從今以後你便跟着他了。」

變故發生以來，明月現出這個年紀不該有的鎮靜，幫着為父親順氣、餵水，直到明白已無力轉圜，她也只孤自捂臉哭泣，竭力忍耐着不失控。此刻小女孩俯身過來，正要下拜，卻被雲起一把扶起。

他第一次正眼打量起女孩，見她雙眉彎彎，小巧的鼻子微微上翹，嬌嫩的面容掛上淚痕，雙眸滿是哀痛。

「放心吧。」雲起收回目光，再度握緊鹿陽的手，頓覺掌心已近冰涼，「我定視如己出，護她一生無虞。」

「一生無虞啊，哪那麼容易……就連那人，都沒有做到……」鹿陽幽幽嘆了口氣，聲音漸次轉低，「你能保全自身，已然不易……」

雲起以為他尚在顧慮，於是正襟換了語氣：「憑着多年交情，雲起與你起誓，但凡有我平安一日，便有明月平安一日！」

「我信你……」鹿陽點頭，話語已經細微難聞，「他日見到枯淵，將我藏的那幅畫卷給他……當年不告而別，是我對不住他……」

想起東籬山的那個老者，雲起點點頭，忍不住掩面而泣。

鹿陽放下心來，扭頭望一眼已經哭成個淚人的玉真公主，再望一眼放在床邊的那柄寶劍，眸中忽而閃出熠熠光芒：「我終於可以去見她了……」

虛空中彷彿出現某人的身影，定是雲中仙子傳來召喚——鹿陽眼神一黯，終究嚥下了最後一口氣。

床邊剎時哀慟聲漸起，只聽那廂咣當重響，玉真公主暈倒在地，諸人又是一陣忙亂。

雲起抓住床欄，才勉強沒有倒下去。天地在眼前旋轉，他別過臉，淚光矇矓當中，彷彿又看見數年前的那個青川少年郎，倚靠江樓之上醉吹簫。

順着頭頂播撒樹蔭的一節枝條望去，紅色光暈正安詳地染着。薄紗輕掩，連烏雲也暖亮了起來，讓你看到一切黑暗之中的希望之光。然而片刻過後，夕陽落下，這層暈染也隨之淡去。天邊掃過烏雲壓沉的痕跡，城池墜入了無邊無際的黑寂，那道光芒其實並未出現過，或者它一直存在。

少年天地走。劍歌易水湄，擊筑飲美酒。[7]

無限逝去或即將逝去的美好，都曾這樣短暫而輝煌。

松針香的最後一節燒盡，裊裊青煙被風吹起，一半消泯雲間，一半乘着輕風往宮牆飛去。

越過重重疊疊，卻見那皇宮內城之內，黃衣聖君旁側，正有一個俯身的影子：

「當日康犖山兵發失敗，乃是天氣原因，並非由於敵方實力強大。據說他還欺壓、屠殺了大量部落的男女老少，造成民怨一片。」

李月堂拱手彎腰，眼角偷偷瞟向皇上的臉色：「老臣冒死進言，畢竟此人非我族類，心思難測，兵敗難免不是為了養賊自重……」

---

1 節選自王維《老將行》。

2 詩評選自南宋劉辰翁《王孟詩評》；明．邢昉《唐風定》；清．張文蓀《唐賢清雅集》；清．王士禎《唐賢三昧集箋注》。

3 故事出自歐陽修、宋祁等人合撰的《新唐書．李林甫傳》。

4 出自曹操《短歌行》。

5 出自李白《月下獨酌．其一》。

6 出自張九齡《望月懷遠》。

7 改自李白《少年行．其一》。

# 身陷

白幔淒淒，長夜漫漫。鹿陽靈堂之上親友不多，小小年紀的明月全身雪白，哭得已無表情，孤自跪在火盆前守靈。涼風透過大門的縫隙吹進，吹得一星燭火左右晃盪。

一位灰衫老者踏足而入，白髮披散在肩，背後繫着一個重重的包裹，步子走得頗為虛浮。

「子歸窮泉，重壤永隔。鹿陽啊鹿陽，你竟當真……先老朽而去了！」

那人高歌當訴，涕淚縱橫，一步一嘆息。明月聞言起身，叩拜回禮，裏屋的雲起也應聲而出。

極少入京的枯淵居然出現在此，原是聽聞愛徒離世，前來拜祭。

「我料到他終將如此，卻不料去得這麼早，倒叫老朽白髮送黑髮……咳咳……」枯淵年事已高，又抱恙在身，日夜兼程趕路更加重了病情，幾乎咳出血來。

「前輩請坐。」雲起扶他入了內屋，「東籬山道途遙遠，如何能聽到消息，在月內趕來？」

「唉——」枯淵長嘆一聲，「大約有所感應，上月老朽家中遭遇火災，被迫遷居……而後又沾染重病，本欲就了此殘生，想起還有未竟之志，撐着下山……咳咳……誰知我剛一下山，便聽聞噩耗……」

雲起見此形狀，忙倒茶以奉，並吩咐阿栗點起松針香，有鎮靜用途。他一邊勸慰明月回屋休息，一邊上前關懷：「前輩喬遷新居之事，可需助力？家眷一眾都還安好？」

「唉，別問了，那些都無關緊要！」枯淵擺了擺手，飲了口茶，方才順過氣來，「倒是鹿陽……他臨去前交代甚麼了嗎？」

「鹿陽兄託我照拂明月，在下自當盡力。另有留給前輩的書畫一卷，敬請過目。」

枯淵單手接過，皺了皺眉：「老朽有言在先，不必如此客氣，鹿陽也是直呼我名字的。」展開畫卷，依稀一幅青綠山水圖。遠看山有色，近聽水無聲，寒色蒼蒼，奇傀峭拔。最為奇特之處是右下方山陵，有一處高及天際的水簾洞幕。雲起憶起東籬山上的鐘乳石洞，與共同展卷的枯淵對視一眼，不禁眼中濛起水汽。

再看畫上題字，正是當年枯淵、鹿陽酬唱之辭：「知音三五人，痛飲何妨礙？醉舞袖袍嫌天地窄。」[1]

原來不僅枯淵掛懷，鹿陽也是難忘舊情。

雲起輕嘆一聲：「鹿陽留下遺言，説當年不告而別，是他對不住你。」

「這麼久過去，哪有甚麼對不對得住的！」枯淵仰頭，抹了抹眼睛，「那時他整個人大變，心神不寧的樣子，還總勸我山下有甚麼不好……我就知道，離別是遲早的事……只是他居然沒打招呼便走，讓我始料未及……咳咳，都過去了……」

憶起舊人事，雲起心中酸楚，不知如何應答。二人凝視畫卷，寂默良久，唯有寒風劈打燭煙的聲響。

萬籟俱靜當中，枯淵忽而發聲：「鹿陽已被凡心掠了性命，公子還不引以為戒，儘早抽身嗎？」

「前輩這話何意？」

枯淵不予置評，解開包裹麻布：「你喜好的無弦琴，此行特意帶來。高山流水之日不可期，且讓老朽在鹿陽靈前最後一次奏鳴。」

寥寥數音，徐徐而行，在這老者奏來卻冷峻古樸、層次分明，好似一幅濃淡相宜的水墨丹青。樂聲循環往復，遞來千思萬慮——環旋周遭的黑漆天幕似要將人全然裹住。

燭火搖曳，長溝流月，漏聲斷。

場景變換到東籬山下的山洞內，水簾幕一下激漲起來，大浪滔天，高到環繞圍住二人之身。

吾愛鹿陽弟，風流天下聞。
紅顏棄軒冕，白首臥松雲。

醉月頻中聖，迷花不事君。
高山安可仰，徒此揖清芬。[2]

此詩情深詞顯，自然古樸，從抒情到描寫再回抒情，意境渾成，感情率真。

正如枯淵所述，鹿陽少年時候就鄙棄功名，不愛官冕車馬；中年白首更摒棄塵雜，靜臥松山望雲。明月夜常飲酒酣醉，迷戀花草美人而不願侍奉君王。尾聯直抒胸臆，把鹿陽的高潔比為高山巍峨，令人仰止。

忽而琴音截斷，枯淵一手壓在琴弦之上，一手掏出酒壺豪飲一口，面上露出恍惚的神情。

「世人熙熙，世事攘攘，難免亂人心志。」那醉酒狂人從漫天水簾中回頭望向雲起，臉上是白雲兩三朵的輕淡之意，「不如來我的東籬小屋，自可暢神臥遊，解脫束縛——縱浪大化中，不喜亦不懼！」

雲起百感交集，略一沉吟，撩撥琴弦，清音調起天地間。

獨坐幽篁裏，彈琴復長嘯。
深林人不知，明月來相照。[3]

短詩寥寥數筆，言淺意深，勾勒出隱者的意興清幽和心靈澄淨：月下獨坐，彈琴長嘯，清麗、淡泊——卻是雲起嚮往不得的生活。

曲調原是孤寂婉轉，卻聽雲起單手一撥，弦音驟起，在「獨」字處悠揚地徘徊。

枯淵似是聽懂了甚麼，仰天嘯詠，擬狀孤雁落江畔：「原來公子成日只在詩文中逃避，卻不敢面對世間的真實！」

雲起甩了甩頭，彷彿要甩掉縈繞腦海的煩憂：「但這京中的混亂局面於我有關，滿族家眷於我有責，如何放得下？」

枯淵高高挑起眉，斜眼望他：「公子是不是把自己看得太高？這世上，誰少了誰會活不下去？」

雲起聞言有些不快：「我不明白前輩這話的意思，難道非要人丟了官職、毀了清名，還要拋妻棄子、飢寒不自保才叫守節嗎？更何況，境隨心轉則悅，心隨境轉則煩。」

枯淵冷哼一聲，把話說得飛快：「何必如此自我欺昧？吾生夢幻間，何事紲塵羈。但為守志，固窮又如何，拋妻棄子又如何！咳咳……世間幾多未開智的愚鈍之人，何必相與，白耗了時日？更何況，公子月清風白，一代高潔真士，怎麼也掉到加官進爵的錢眼裏？」

這些日子連着發生許多事，雲起本就心煩氣躁，如今被可以這麼一激，終於惱火了：「前輩說得輕易！難道忘記，你當年也曾經入世，只是不幸被政鬥波及，從此斷了仕途罷了！何必如今擺出這副高節模樣，來展現爾等優越呢？」

枯淵猛然睜大了眼，一口氣差點沒喘上來：「你……說甚麼？」

雲起傲起來也是不甘示弱：「難道不是嗎？」

老人盯着對方許久，彷彿不認得面前的人了。他猛咳數聲，終究悻悻離去。徒留雲起孤立的身影，在白幕靈堂前顯得份外淒然。

泥足深陷之後，哪裏能輕易抽得了身？

當康犖山坐在鹿陽靈堂的廳堂，雲起吩咐阿栗上茶之時，他的心中這樣暗想。

曾幾何時，如何能料到當年竭力拉下馬的政敵，如今卻攜着誠意前來拜訪——而自己也不得不與之周旋。

「我與鹿陽學士，很有幾分薄緣。」

方才上香，康犖山腰彎及地，滿臉悲慟，擺出一副生死至交的模樣：「早年在突厥部落，便見到他與同族女子相好，後來我族亡國，大家流落失散，也就斷了聯繫。說起來明月這女孩，還有我等突厥的血統！唉，她身世可憐，公子多照顧。我這次前來，特地贈上一把馬刀，今後能效力的地方，儘管拿着信物找我。」

「多謝節度使關懷，在下自當竭力。」對方話說至此，雲起只好按下反感，拱手作答。

他替明月接過馬刀，見那刀柄筆直，有十字形蠟染，劍身鏤刻精緻圖案，是胡族所佩的模樣。

康犖山看起來倒毫無前事的芥蒂，繼續説下去：「早在入京前，我便聽說了雲起公子的大名，可惜武人出身不懂風雅，沒得機會與公子交道，真是憾事啊！」

雲起訕笑兩聲：「將軍言重了。此行究竟所為何事？還望直言不諱。」

「果然爽快人。」康犖山終於不再繞彎，掏出懷中的一封信，「這是李宰相着人擬的文書。他知道公子做那小小監察御史，實在難酬大志，因而有心招攬。公子的意思呢？」

「仙郎有意憐同舍，丞相無私斷掃門。只是馮唐易老，揚子解嘲，在下早已不復少年雄志，且讓我自甘落後、不欲騰達罷。」[4]

如今張子壽已去，宰相李月堂權傾朝野。而玉真公主也灰了心意，上疏皇上，自請去除名號、散盡府財，從此不管政事，頓悟修道去了。失了膀臂的雲起在朝中孤木難支，如踏薄冰，既不敢得罪仇敵，也不願同流合污，只好言語上有所退讓。

舉世無相識，終身思舊恩。雲起常在夜中如此悵然，感念張子壽的擢升之恩，但是白日裏為保全自身和同儕，只得將此情按下不表。

事實上，當奪權的威脅不在了，聖上又念起舊人的好，心意回鑾。對宰相推薦之士，他總要問：「風度得如子壽否？」他還記起張子壽曾再三上表，主張選官應重賢能，不循資歷，因而詔求天下士子，但凡精通一藝，皆可進詣京師，可謂是聖恩眷顧。

然而李月堂唯恐草野之士在對策時斥言自己的奸惡，跟聖上進言道：「這些士子多是卑賤愚瞶之輩，怕有俚言污濁聖聽。」他建議郡縣長官先行試練，其中灼然超絕者再送至京城，由尚書省複試，御史中丞監察之，取得其中名實相副者，方可聞奏聖上。

在他的操控之下，最終送至京師的士子被考以詩、賦、論，但卻無一人及第。李月堂便向聖上道賀，稱不必再選，因民間再沒有遺留的賢才了。如此蔽塞天聽的行徑，不免讓眾臣心寒齒冷。

大概是掃除了太多政敵，李月堂此時將目光投向名動天下的雲起，若能招來昔日政敵陣營的人物，足以安聖上之心。於是他五次三番派人招攬雲起。

「公子的盛名與高節，着實令人佩服。其實，我對李宰相的行徑……也不認同啊！」雲起正在走神，卻聽那邊康犖山仍在客套，話中隱隱有些不對勁，「如今他虎狼之心日顯，我實在不願與之為伍了！可是我不認得幾個漢臣，孤立無援，只得向先生求助。」

原來此時，李宰相與康犖山之間關係已有裂縫。兩人都是極為強勢之人，即便當初為了合作有所收斂，時機一到，如鹿陽所料，反咬得比誰都狠。李月堂暗地向聖上告發康犖山有謀反跡象，被康犖山安插在宮中的耳目探聽——康犖山深知當今聖上的專權狠斷之心，不得不搶先為自己打算起來。

「說笑了。」雲起冷語回道，「貴使乃是貴妃義子，深得聖上寵愛，如何輪得到區區在下相助。」

「唉，公子不明白！」五大三粗的康犖山擺出一臉苦相，長吁短嘆，「我們胡人離了大漠，好比大雁離了天空，再回不去故鄉。要說我在這京城做過甚麼，還不都是為了活着！」

雲起沉吟半刻，終於鬆了口：「你究竟欲言何事？」

康犖山終於尋到良機，如同逮到兔子的狼一般，想好的話脱口而出：「我與李月堂交道許久，近日察覺他與東突厥汗國的部落叛將阿布思勾結，密圖謀反。」

「將軍所言非虛？」雲起自座中驚起，大為詫異，要說李月堂巧諂邪險、構陷良臣，確是有的；但要說他有謀反之心，卻教人難以置信，「若無確鑿證據，此話不可亂說。」

「阿布思早年是我的副將，後來叛逃北歸。我已找到他麾下的降將入朝做證。」康犖山經了這些日子在京中周轉，已然熟知漢朝政鬥的套路，「但請御史大人上章彈劾，此後的事，我自會跟進。」

聽起來，這乃是康犖山處心策劃好的大局——而他希望雲起成為當中最先出場的棋子，借其盛名昭告天下。

若說起來，雲起確實對李宰相不滿。只是以他判斷，這太像在利用皇上的專權猜忌加之構陷，而非實情。

見雲起沉思不答，康犖山乍然起身，朝他逼近而來，言語狠切：「雲起公子莫非對李月堂有保全之心？你忘了張子壽是被誰打壓離去，鹿陽又是被誰激怒身亡？朝局混亂如此，公子難道不願為了整肅而出一分力？」

雲起心中一凜。

政鬥恩怨倒也罷了，只是這朝堂之上，委實不該被奸詐之徒把持。

然而這康犖山又豈是善茬，若由他上位，將會出現怎樣的局面呢？

「那我真為公子悲哀，被小人蒙害多年還不知情。」

雲起尚在猶豫，卻聽對方補了一句。

「你說甚麼？」

「當年公子年少得意卻中途遇險，難道沒有生過疑竇？」康犖山冷哼一聲，雙目炯炯朝他望來，「我曾聽李月堂提到過黃獅子案，那正是他與寧王謀劃陷害的一樁佳作。他們意在打壓岐王，可也順手拉你下馬。如此深仇，要是擺我身上，絕不肯輕易放過！」

「你說……寧王、李月堂？不是……」

「寧王年紀已大，向來不理朝事，當時參與下手，大約為了甚麼私事。至於李月堂……因為甚麼，公子還不清楚嗎？」

雲起聽了如受重擊，彷彿全身力氣被人抽去。他頹然失神地倚在椅背，點點頭，再不言語。

難道，當真是他冤枉了玉真公主？

數日之後的朝堂上，雲起垂着眉，從群臣當中出列進諫：「聖上明鑒，微臣監察御史雲起，啟奏李月堂宰相：其與東突厥汗國鐵勒同羅的部落叛將阿布思勾結，拜為父子，密圖謀反。」

此言一出，意料當中，滿堂議論一片。

那李月堂大怒，慌忙反駁，很快又有兩方的追隨者跟上進言，局面一團亂麻。

雲起嘴角含着苦笑，始終跪在地上不抬頭，再未發聲。

他心中戚戚然，恍惚間想起很多年前的一個早朝，自己也是這樣跪在地上，成為眾矢之的——那次是自己被李月堂所謀害，如今，終於輪到別人謀害李月堂了。

雲起的諫言拉開反擊李月堂的序幕，卻讓他自己也自此身陷泥濘。

1 改自貫雲石《清江引》。
2 改自李白《贈孟浩然》。
3 出自王維《竹里館》。
4 出自王維《重酬苑郎中》。

# 燭盡

「這麼晚了，母親還不睡嗎？」

入夜，繁星在天，花影遍地。雲起回到府邸已是子時，卻見家中的佛堂內仍是香霧繚繞。崔氏的背影跪在佛堂，低眸順眉，口中默念着經文。

雖然再入京城已久，但雲起一介御史清官，沒攢到甚麼積蓄，府邸也還是早年的邊郊舊宅。幸好弟弟蘭叢年少好學，文筆泉藪，如今也已科舉入官，買下鄰壁自行開府，此處就寬敞多了。因母親素來禮佛，闢側廳為佛堂，方便時時燒香。

崔氏乃是大家族出身，進退自有風度，但因夫君去得早，獨自把子女拉扯大，面上添得不少風霜。好在長子雲起有孝心，幼子蘭叢也很出息，應當可以頤養天年了。

但她此刻面上滿是焦慮，看起來卻並非如此。

「兒啊，近來夜夜都晚歸嗎？」崔氏回身，紋路交錯的臉上滿是關切。

「教母親大人掛記了！」雲起揖了個禮，上前扶過老婦人，「如今朝局動盪不安，難免花些心思。您不必擔憂，相信時日不久，天下終歸海晏河清。」

他這樣說着，一為安撫高堂，二為撫平自己心中同樣深切的惶恐。

經康犖山的謀劃佈局，以及貴妃的枕邊泣訴，聖上對李月堂之案果然震怒，下命有司審理。李月堂年事已高，時已有疾，聽聞消息傳來，憤懣發病。

未久，李月堂隨聖駕前往華清別宮，卻因聖上刻意迴避，難以面見解釋案情。於是他日夜憂懣，病情加劇。聖上着太醫前去探望，太醫道：「實乃心病。您只要一見皇帝，病情便會好轉。」

聖上聽聞，本欲去探視，卻被雲起等諫臣再次阻止：「李月堂案正當徹查之際，聖上切不可在此刻心軟，因私廢公啊！」

聖上頗為無奈，又要給天下人作則，便讓人將李月堂抬出庭中，自己登上樓閣，舉紅巾招慰。

李月堂已至病重不能起身，縱是心中有力，也只能讓人代拜謝恩。

事情到了末期，就連李月堂的女婿也被買通，加上懼憂自己為其牽連，為求自保，願意附和康犖山，出面證實了岳父的謀反大罪。

聖上聽聞，勃然大怒。於是李月堂被削官爵，抄沒家產，子孫有官者除名，流放嶺南及黔中，近親及同黨近百人被貶。

隨着李月堂的徹底倒台，殘餘勢力者為求自保，紛紛依附康犖山。失去壓制且手握兵權的康犖山逐漸現出狼虎野心，看得雲起極為心驚。然而作為一介言官，他實在無力抗衡，自責當初不應與之合作。

那廂佛堂之中，崔氏聽到兒子的寬慰言語，緊蹙的眉頭並未鬆開，反而目光惘然望着雲起：「海晏河清啊，何嘗那樣容易了……汝父過世的經過，我從未與你講過吧。」

雲起驀地抬頭，直視崔氏的眼神。父親過世的時候他尚未記事，這是他掛懷已久的心事：「母親請講。」

「與我崔氏家族一般，汝父的王氏家族也屬五大望族之一，猶記得我嫁去之時，風頭尤為興盛，幾乎壓過了皇族。」憶起過往，在燭火照耀下，崔氏臉上浮現出粼粼片片的光亮。

「然而炊煙盡處，正是硝煙起時。你也知道，愈是高門望族，內部暗鬥愈是綿密難明。你弟妹出生不久，汝父便被旁支的堂兄所害，捲入晉中政鬥而受牽連，死於敗局。從那以後，王氏失了族長，餘下者不善打理，我亦不便出面，偌大的家族竟就此沒落……」

窗外月色茫茫，雲起聽過前塵舊聞，不禁喟然嘆息：「母親大人不必感傷，待孩兒與弟弟在朝廷上闖出名堂，重振家門高風。」

「錯了！政鬥一途，險惡萬分，舉凡踏錯一步便將萬劫不復。我此前不願告知舊事，便是不想你等懷有此志，重蹈汝父覆轍啊！」崔氏捧出滿懷的擔憂，懇切勸道，「但見你已身陷當中，只得日夜念經求佛，祈禱平安度過危局。然而想到即便過了這關，後面還有無數道關，這可如何是好！」

崔氏雖為婦道人家，見識卻不少，這番話出自深思久慮，雖然略有偏激，卻也大約屬實。加之雲起本就不安，此刻更是加深了一層的自我懷疑。

欄外風吹入簾，燭火搖曳，彷彿雲起此刻惶惶的心境。

他以手撫額，跌跌撞撞坐在紅木椅上，強撐着做最後的掩飾：「母親箴言，兒子記在心頭，定當時時銘記，以慎言慎行為上。」

「那就好。」崔氏走上前去，拍了拍他的背，目光慈愛，宛如看的還是當年那個孩童。臨出門前，崔氏又囑咐了一句：「得空花些心思在芳青身上。不可因為人家是個淡靜的性子，便拋在一旁不理。況且年紀漸大，我也想早日頤享天倫了。」

芳青？雲起敲了敲腦袋。如今諸事纏身，他哪裏想得到關懷妻子。

雲起記起最近一次跟她說話，還是將照料明月一事囑託於她。他許久沒有關心妻子的舊疾，於是順勢詢問：「芳青的身體好些了嗎？」

崔氏搖了搖頭：「病況反覆，這府內府外又都靠她操持，勞心勞力的，因而總是時好時差。」

「上次請來的大夫看了，可有診出病因？」

「大夫明裏說無關緊要，私底下告訴我，是芳青憂思過慮所致。此乃心病，要心藥醫。」

擺在佛案當中的蠟燭燃到了盡頭，吡吡作響，彷彿命運之聲，在萬籟俱寂的子夜裏顯得格外淒烈。

父親因爭鬥而亡，摯友因爭鬥而亡，難道還有至親之人將為他所累，因爭鬥而亡？莫非他命中是野鶴，注定不該蹚這世情渾濁？

只是天下蒼生芸芸，若不做些甚麼，如何過得去心裏那一關呢？

當接到枯淵抱病長辭的消息時，老人的遺作才幾經輾轉，終於交到他手中。

「這幅畫受枯淵先生所託送與公子，不想日夜兼程還是耽擱了，請見諒。」

送信的人一副樵夫打扮，蓑衣落滿了厚厚灰塵，一副風塵僕僕的模樣。如今時局動亂，旅途顛沛，想來他也盡了力。

雲起忙去扶起信客，囑其落座：「阿栗，上茶。」

那樵夫卻擺擺手，急急說了下去：「枯淵先生自打京城回去，始終憤憤發悶，病重當中撐着叫我傳書。然而走到半途我卻聽說，先生前日已與世長辭去了。還望……望公子抽空上一趟東籬山，這是老先生遺願啊！」

雲起難以置信地望向信客，雙手打戰，畫作應聲跌落。

數月前自己與枯淵的爭執還歷歷在目，那是怎樣的失禮之舉啊！老人本就孤苦半生，更抱病遠行而來，自己理應恭讓，怎能耐不住性子刺傷他呢？

不料世事蒼茫，如今對方連致歉的機會都不給自己了。送走信客，雲起獨自垂首許久，終於鼓起勇氣打開畫卷。

重門深深，燈下獨立蕭索人。風捲起那人的袖袍，一把塵封的古琴置於旁側。那股懷珠抱玉的散漫與疏宕，孤光自照，無限寂寞，入畫皆成了絕然超塵。筆觸了了，卻是意蘊無窮。

小廝阿栗在一旁看得慌張，他見過他家公子殿試受到聖上稱讚後的從容不迫，也見過朝中黨派爭鬥到生死存亡時公子仍能保持鎮定，卻料不到，一幅故人畫卷迫到他踉蹌着幾乎站不穩步子，趕忙扶了上去：「公子小心！坐下定定神吧，阿栗去點一束檀香。」

「燃起松針香，他喜歡的。」雲起的聲音澀澀。

香氣冉冉升起，怡神安心的氣息溫暖了三月天。

雲起撫畫喃喃：「一盞孤燈候舊友，你畫中之意我何嘗不能懂。然而，終究在這紅塵阡陌中錯過了……」

從回憶中蘇醒，雲起驟然放下茶杯，振衣起身：「阿栗，取酒來！」

「啊？」阿栗猶豫片刻，「公子昨晚又陪閣老們宿醉，今天早點歇息吧？」

「拿來！」雲起難得地用了重語氣，「不能親往，我只得以酒祭友。」

「是。」阿栗聞言，安下一樁心事，退下前忍不住又問一句，「公子決定不去東籬山了？阿栗正擔心呢，這些天紛爭不斷，皇上聖意未定，公子要是貿然離京，不知道會出甚麼亂子！」

雲起緊蹙雙眉，背手不答。

阿栗推門出去了，帶動半縷東風吹進屋內，吹散了松針香的清幽，刺骨的乾冷裊裊升起。

「終究是我對不住你！數年前是這樣，數月前是這樣，如今還是這樣……不能伴君左右，竟也不能去赴一場千里之約！」

知音相繼離世，但他無法脱身，既放不下時局混亂，儘管心有餘力不足，也得駐守在此危急存亡之際；又放不下妻子家眷，哪怕未有閒暇與之交道，總得竭力護得眾人周全。

他只得長歌當哭，祭奠亡者，半醉半醒間作了數不清的詩畫祭悼。雖知已無人應合，但癡心妄想着，或許終有一日，能逃開俗世牽制，去到故友墓前共賞。

故人不可見，漢水日東流。借問東籬老，山嶽空江州。[1]

世途艱險，總是聚散無常。往日難再現，唯餘山月淒冷，河川自流。

鹿陽、枯淵已逝，玉真灰心離去，而曾經知遇之恩的岐王和恩仇交加的寧王，也都先後病重而薨。立於世間，悵然相望，能與自己雅樂共鳴者越來越少了。

往事不可追，故人不再來，向來不好酒的雲起此刻已至酣醉，忘卻今夕何夕，只記得，從此琴詩未有人解，舉世難尋知交。他頓然了悟枯淵當年的斷弦之志，甚至也欲相仿。再好的曲，再美的酒，若無人伴其左右，總是少了滋味，如何動我心魂？雲起嚥下一口酒，正如此想着，卻聽虛空當中傳來女子涼潤的聲音：

明明上天，照臨下土。
豈不懷歸？畏此譴怒。
心之憂矣，其毒大苦。
念彼共人，涕零如雨。

昔我往矣，日月方除。
豈不懷歸？畏此反覆。
心之憂矣，憚我不暇。
念彼共人，睠睠懷顧！[2]

透過矇矓的眼簾望去，卻是明月破空而來。小女孩面如白玉，顏若朝華，一對眸子晶亮無雙，此刻盛滿清泉，平添幾分靈氣。

雲起啞然失聲，心中莫名顫動，竟不知如何應對了。

明月吟畢悼詩，不等他作答，自顧自說了下去：「此時你不便離京，我可代公子前往拜祭。枯淵先生乃是吾父之師，由我去一趟也是應當。」

月光曳地流轉，一抹皎潔出現在少女悲慟的臉上。她的眼神既暖且寒，又有股莫名的懾人魂魄。

如此靜謐的夜晚，京城邊郊的一座小道觀內，一位素衣女子正在蹙眉讀詩。

「明月照高樓，流光正徘徊。上有愁思婦，悲嘆有餘哀。」[3]

自從鹿陽暴斃一事以後，玉真公主果真散去門客諸人，關了府邸，獨自一身進了道觀，潛心修行起來。她成日研讀詩書，與人寡合，與物親近——讀到入神處，或喜或嗔，或淚流滿面，或緘默不語，性子也漸漸轉了沉靜。她教人每日所奉膳食，都是些素樸瓜果，往日嗜好烈酒，如今卻開始飲茶，且能品出茶中意趣。

偶爾，夜深猶夢少年事。夢中都是一片模糊不清的影子，一個個不再有清晰的面容……唯獨，夢中無君。

1 改自王維《哭孟浩然》。
2 節選自《詩經．小雅．小明》，略有更改。
3 出自曹植《七哀詩》。

# 驚羽

東籬山路途艱遠，待到明月返回之時，正撞上康犖山的軍隊踏破長安城垣，驚碎靡靡的《霓裳羽衣曲》。

為保明月周全，此去東籬山之行，雲起安排阿栗招了幾個江湖劍客相護。一路走來，明月與他們說說笑笑，倒成了好友。此刻眾人甫一抵達含光門，便見戰鼓四起，狼煙滾滾，胡人的衝鋒領隊者已然入城。

「看來宮城要淪陷了！」阿栗慌得六神失主，「明月小姐，咱們別進，還是快逃吧！」

「逃？如今情狀未明，逃去哪裏？」明月手持拂塵，梗着脖子四處張望，「何況離京許久，阿栗難道不想見你的雲起公子和老夫人嗎？」

「我……」山間一來一回已過數月，阿栗怎會不擔憂主人的安危。只是臨行前雲起再三囑託，事事當以小姐安危為重，着實不敢讓她犯險。

阿栗尚在猶豫，卻見明月挑一挑眉，昂首往前而去：「走。先打探明白，再逃不遲。」

這位小姑奶奶要做的事，九頭牛也拉不回來。阿栗等人交換個眼神，只得跟上前去，暗暗手撫佩劍，做好護衛的準備。

自打趕走張子壽之後，朝中無人再進諫言。換了李月堂又換康犖山，都是口中吐蜜、暗中藏劍之人，哄得聖上與貴妃順意舒暢，整日縱情於聲色，怠理政事。

然而康犖山畢竟是個胡人，手段較之李月堂更為粗暴，以至朝中根基不穩，難安眾心。更兼西北節度使與他素有裂隙，內外交錯的重壓下，身兼范陽、平盧、河東三節度使的康犖山，發動部兵以及同羅、奚、契丹、室韋等胡軍數十萬眾，起兵而反。

那康犖山馭屬下步騎精鋭，鼓噪之聲震地，戰旗高搖，陣中飛出如烏雲般的箭雨，激起煙塵千里。

當時海內承平日久，百姓累世不識兵革，猝聞戰起，遠近震駭，卻又無力可敵。於是大軍到處，流民四竄，哀鴻遍野，所過州縣，盡皆望風瓦解。守令或開門出迎，或棄城竄匿，或為所擒戮。

誰料當有人將緊急軍情向京城奏報的時候，聖上還以為是厭惡康犖山者的誹謗。

「康犖山原是蕃人，禮數不全也是有的。一時狂肆，被小人中傷，但皇上清楚他的忠心，何足惱懷。」

尤其是貴妃從旁勸解道，更叫聖上安心，對於反叛之事未予言信。

天闕沉沉夜未央，太清宮傳來仙樂裊裊，原是貴妃仍在醉舞霓裳——只見美人上身直披一件大袖紗羅衫，長裙及踝，飄然轉旋若流風回雪之輕，嫣然縱送似游龍受驚之態，更兼清弦脆管，跳珠撼玉。

就在此刻，屁滾尿流的傳令員奔至御前，軍情傳來，叛軍已經逼近京城，聖上方才大愕，乃知已成國家禍患！

尚在樂舞的貴妃忽聞噩耗尖聲驚叫，左腳一崴，整個人如同一片隕落的豔麗花瓣，跌在玉盤之上……

震怒當中，聖上前後派出官軍，卻用兵不當，相帥不合乃至大敗被擒。加之對康犖山寵信過深，以致勢力不可節制，最終潼關失守，京城岌岌可危，這盤危局已是險象環生。

至甲午日，百官仍上朝者不過數人。聖上於勤政樓頒下制書，聲稱要發兵親征，並將禁軍儀仗遷到了宮內。傍晚，由龍武大將軍整編六軍，挑出數百戰馬。叛軍日漸逼近，次日黎明，聖上決意攜貴妃姐妹、皇子公主、宗室近臣及親近宦官宮人，倉皇從延秋門出逃。[1]

在這當中，唯獨玉真公主堅言淚別皇兄，執意留在宮城。

「你怎麼回來了！為何此時回來！」

雲起眉間落滿霜雪，正在府中忙着，指示僕役們收拾行李打算離京，見到明月現身，急惱起來：「你難道不知，京城很是危險！」

「因此我才日夜兼程趕回相救呀。」明月打量着亂糟糟的府邸眾人，倒是說得氣定神開，「更何況，還得替枯淵傳個遺言呢。」

雲起原本在翻雜亂的詩稿，聞聽此言，猛然轉過頭來：「他如何說？」

明月歪了歪腦袋，靠近雲起附耳低言：「若老子與莊周之道，松喬列真之術，信可以洗心養身。」

「甚麼？」雲起一時沒反應過來，愣了。

「這便是枯淵託人轉達的啊。」見他如此神態，明月咧嘴吐了吐舌頭，搖晃雲起胳膊，眼中一派天真。

「公子，這些要帶嗎？」雲起尚在沉默，旁邊有小廝擠過來，手捧幾個瓷器問道。

被這一打斷，雲起方才回神，狠狠瞥了明月一眼：「胡鬧！就為一句話，偏要入京城冒險？你若出了事，我如何對得住泉下的鹿陽！」

「公子莫氣。我有爹爹親授的武藝傍身，更兼有大幫護衛，怎會出事？」明月嘴咧得更開了，一副沒心肺的模樣，「事已至此，讓我來助芳青姐打理逃離之事吧，減她少許操勞。對了，芳青姐所在何處？身體有好轉嗎？」

雲起整日忙得打轉，哪有空管孩子。自從明月送入府中，都是交由芳青照料，二人因此處出不淺的情誼。

不料聞聽此言，雲起憋了滿腔的怒火卻陡然洩下：「芳青病況日重，在床休養……」

明月大驚，忙抬腳奔進後房。

滿屋子的草藥味，卻見病榻上的芳青靜默躺着，瘦得幾剩皮包骨頭，曾經嫺雅的臉上如今唯餘茶色，雙眉緊蹙似在忍耐某種痛苦。

「芳青姐，如何病重至此！」明月大為哀慟，回頭瞪了一眼雲起，彷彿在責備他的照看不周。

「妹妹……你來了……」芳青聽到聲音，許久才微微睜開雙眼，說得氣若游絲，「你快走……我現下無力起身，你跟着夫君走罷……」

「不，我不走！」明月放下手中拂塵，靠近為芳青順氣，「我在這裏陪你。」

「胡鬧！」雲起再也按捺不住怒意，邁步上前，「京城已落入康犖山之手，留下便是死路一條！」

明月並沒被嚇到，反而凝起一雙杏眸回望於他：「看芳青姐如此情狀，難道要棄她獨自在此嗎？」

「我自當留下顧全，你隨眾快走！」

「康犖山與我娘有舊交，即便被他抓住，我尚能自保。」明月自懷中掏出康犖山當年所贈馬刀，晃了晃示意，出奇地執拗，「雲起公子素有盛名，若是被抓，難保不會做個典範以儆效尤。」

雲起還想與之爭辯，卻聽那廂芳青喚他：「夫君……咳咳，夫君……」

他忙回身，扶住咳出血來的妻子：「我在這裏。」

洛陽女兒對門居，才可顏容十五餘……誰憐越女顏如玉，貧賤江頭自浣紗。[2]

芳青目中凝光，振聲而起，拼盡全身氣力只為吟出此詩。

雲起啞然，不禁細細打量芳青一番。這是他年少時所作的詩句，寫盡洛陽婦人生活奢靡，借喻自己不得志的心境，沒想到她竟然讀過，且在此刻念出。

「嫁作公子妻，乃是此生幸事……然，雖侍君左右，未能為君解語、替君解憂，乃是此生憾事……咳咳……妾身不能相伴白頭，要先去了……」芳青終於將心中所想說了出口，露出溫和清雅的笑意。

「此生未盡，莫說喪氣話！」雲起的心頭湧上愧歉，平日他少有閒暇顧及妻子，竟不知她如此心事，「若言此生，為夫感激虧欠你的實在太多。你要撐住，予我償還的機會啊。」

「照顧我內弟興宗……」

「你放心，從今往後，他便是我的親弟弟！」

「還有一事，祈求夫君答應……」

「你說，我都答應！」

「夫君雅性高才，實在不必跌入凡塵俗世……為了妾身也為天下人，無論何時何事，切不可輕生……」

雲起聞言大慟，還要再說甚麼，屋外卻傳來小廝的呼喊，喚他速速啟程——若是錯過聖上出逃的隊伍，城門關閉，便再難脫身了。

「妾身……還有話與明月姑娘說……請夫君迴避。」芳青再吸一口氣，竭盡力氣，言語已是斷斷續續。

「這……」雲起慌了神，既不肯丟下芳青、拋下明月，又怕誤了母親弟弟以及眾人的性命，左右為難。

「芳青姐有我照看，你快送老夫人和二公子離開！」倒是明月鎮定，發力推了雲起一把，「走！」

明月雖小小年紀，卻從小隨父練功，力氣倒大。雲起被硬推出門，阿栗等人趕緊拉他去了。

臨出府前，他忍不住回頭望一眼後房。所有僕役皆已離開，整個宅院變得空空蕩蕩，唯獨芳青的房間恍惚一縷香氣冉冉升起。

雲起的心弦顫動，似是感應到了永久的別離。

長安失陷，君儲狼狽逃亡，城闕一時間火鳳燎原。河山盡皆飄零，絲竹的餘音遺落了滿地。

康犖山彼時鐵甲護身，乘鐵輿、領軍隊踏過長街，一路上燒搶豪奪，殺伐不休，血流遍地，滿目瘡痍，直至終於闖入宮門——他大掠文武朝臣及黃門、宮嬪，挾一眾偽朝降臣，以兵仗嚴衛送於鑾殿，意圖開啟新政。

不料宮門開啟，當先迎接他們的，卻是現身於此的玉真公主。

鬒鬟垂欲解，眉黛拂能輕。她依舊金帶攢珠，華服齊整，百鳥毛織裙在日頭下流轉出百色金光。眉心一點形似飛燕，裊裊婷婷，更襯得繾綣風情。只見她合起掌，依着本朝國禮，對空中長明燈的方向，虔誠三叩——所有昨日的矜貴與浮華，隨朝雲漸次散去。

康犖山此刻已不復當年與皇室卑躬之姿，而是一副志得意滿的模樣，色瞇瞇地盯着對方作態：「我敬公主氣節，只要肯降，定不為難。」

「降？」

玉真回了頭，雙眉與額上的朱砂花鈿一同揚起，冷笑三聲，銳利頂了回去：「這世上能讓我降的人或許有，但絕不是你這等奸徒孽賊。」

康犖山臉色發白，眼中放出兇光，極力壓着怒氣：「現下這樣的境況，你還要如何？」

玉真公主仰天長嘯，放聲泣訴道：「這天下縱使不是我李家的天下，也絕非你康家的天下。我平生未是個合格的公主，只得死時做個殉國的孤魂。」

說着，她赫然轉頭，眼神犀利望向一眾降臣：「捐軀赴國難，視死忽如歸。想來在場的諸位賢才，定然平日裏忠耿盡責，此刻才安心求生罷！」

滿朝眾臣聞言面露慚愧，禁不住紛紛跪拜磕頭，嘶聲高吼不息：

「公主此身此志，叫我等汗顏。」

「公主金枝玉葉之身，萬望珍重！」

玉真公主此刻卻置若罔聞，腰身束垂的花帶隨風飄搖。她唇間含起笑意，燦若桃花，曖曖春日透過她的身上再度回還：

「此生諸多事宜，我都想不明白，活着也是無味。唯獨此事，我卻想得很明白。國亡了，家滅了，愛也消弭殆盡……」

她張開雙臂，從厚厚疊疊的衣袖中抽出一把利刃，正是當日鹿陽留下的寶劍。

「公主不要！」

「公主殿下千歲！」

金鑾殿上一片哀鳴之聲，就連康犖山都頗為訝異，伸出手徒勞地想要阻攔。然而這一切，她全都不顧——

醒時同交歡，醉後各分散。永結無情遊，相期邈雲漢。[3]

玉真公主提刃而立，為之四顧，昂首吟出最後一句——那是曾在張子壽的離亭宴上，她與鹿陽共同誦唱的詩句，也是鹿陽的絕筆。

念完，她毫無留戀地揮劍，刎向自己脖頸。登時裙襬迴旋倒地，血濺金殿，一縷冤魂飄上雲間。

滿池春色終究謝敗。瓊花霁霁，香氣馥郁——那是尾音裊裊的綻放，因為摻了一股子煙花落盡的味道，開起來有種不顧一切的拚命。

七弦斷，音塵絕。自此人間再無玉真仙人。

殿內湧起漲潮般的悼鳴。無論是舊臣還是衛兵，此刻全都轟然跪下，長歌當哭，戚戚漫佈，不知在哭一位絕代公主的決然，還是哭一個盛世王朝的逝去。

或是，只為哭悼這場春末。

數日之後，當雲起聞知噩耗並拿到侍女雲燕轉交的遺物，他望着留有自己字跡的書簡，正是那首「紅豆生南國」，不禁想起多年前的春日宴會。記得那時，煮茶的水霧蒸騰而起，彷彿一道悠長的歲月，自始至終都隔在他與玉真公主之間。

他恍惚有些明白，當年漠然於她的示好，決絕於她的軟語，甚至敢於狠言相對，只因知道她對自己有愛，所以肆無忌恐。

其實《酒狂》不適合他。

那首《鬱輪袍》，雲起一直想要重彈。他心中並沒有那麼多的恨，若說有恨，也是曾經有愛，才在失意之下轉了模樣。

而這份愛，他始終無緣得訴，因了賭氣，因了運命——終成他一生的憾事。

1 故事出自司馬光《資治通鑒·唐紀》。
2 節選自王維《洛陽女兒行》。
3 節選自李白《月下獨酌·其一》。

# 外卷·芳青

她尚在少女時候，就知道他了。

是的，她也有過天真少女的年紀，並非一出場，就是他人附庸，就是唯唯諾諾、靜默在影子裏的深閨婦人。

芳青生在晉中的崔氏家族，門風開放，自小跟着家中師父斷文識字，讀的是《詩經》《楚辭》，寫的是褚體虞書。她不愛乖乖待在屋裏繡花，倒喜歡與表兄弟們玩在一起，談詩作賦，也因此，一早便聽說了雲起的大名。

雲起其人，才華早顯，三歲念詩書，九歲知屬詞，書樂畫三絕，更兼風姿俊美，在晉中那是聲名遠揚的天才神童。其母又同屬崔氏的旁外一脈，這等佳話，即使閨中姐妹皆有耳聞。

但說真的打動她，還要到約莫二八年紀。記得那日，弟弟興宗欣喜若狂地奔進屋來：「姐，你瞧我得到甚麼了！」

「慢些跑。」芳青憑几席地而坐，正在念誦《玉台新詠》，抬眼望了望弟弟，「甚麼？」

「雲起公子的手書新作！」

她起身雙手接過：「雖是遠親，但我等從未與他見過面，你如何得來？」

「表兄前日去姑母家做客，死乞白賴討來的。」興宗年紀小，性子不沉，滿臉是抑制不住的采烈，「這不，方才我剛見着他，也死乞白賴討來一看！」

「借來的總歸要還去，可得小心保管。」芳青掩嘴輕笑，打眼看了看紙上的小楷，但覺清秀無雙。再細細研讀詩句，不自覺眉間蹙起，平添一縷清愁：

洛陽女兒對門居，才可顏容十五餘。
良人玉勒乘驄馬，侍女金盤膾鯉魚。
畫閣朱樓盡相望，紅桃綠柳垂簷向。
羅帷送上七香車，寶扇迎歸九華帳。
狂夫富貴在青春，意氣驕奢劇季倫。
自憐碧玉親教舞，不惜珊瑚持與人。
春窗曙滅九微火，九微片片飛花瑣。
戲罷曾無理曲時，妝成祇是熏香坐。
城中相識盡繁華，日夜經過趙李家。
誰憐越女顏如玉，貧賤江頭自浣紗。[1]

此詩以冷語發端，寫盡洛陽婦人的嬌貴之態——住的是畫閣朱樓，出行是羅帷七香車，歸家要寶扇九華帳，出入貴戚之家，奔走權門之內，直至燈花燃盡、九微火滅，仍然沉溺在醉歌狂舞……然而詩人不耽至此，尾聲兩句遽然而轉，寫微時未遇的越女西施，窮困於江頭浣紗。一貴一賤，一奢一貧，各成獨立的畫面，又融浹為一。

見芳青默自研讀，興宗忍不住出聲：「刺譏豪貴又意在言外，言況君子不遇也，正是雲起公子的境界高超……」

「小小年紀，你又知道甚麼君子不遇了？」芳青聞言，含笑嗔怪道，「此詩采色自然，不由雕繪，非不綺麗非不博大，以收束取勝，確是筆法上乘。」[2]

「還是姐姐懂得多！」見心愛之作得到讚賞，興宗一蹦三寸高，「書作先放姐姐這裏，我去把消息告訴崔皓他們，再來共賞！」

眼見弟弟身影消失在門簾之後，芳青再又細細端詳詩作，歪頭陷入沉思。

就在不久前，她剛讀到樂府詩集的《河中之水歌》：「河中之水向東流，洛陽女兒名莫愁……」此歌謠開洛陽女兒之首，詞調風華流麗，繪出女子的清麗率性，芳青正心有戚戚焉。

誰料這麼巧，詩未讀畢，便撞見了雲起公子的《洛陽女兒行》。

其實那富麗豪貴的文辭，或是對人世無常的喟嘆，並非最觸動她心。

那究竟是甚麼讓她久未展眉呢？

芳青放下書紙，踱步來到窗前。但見浩浩青天之外，白雲稀疏幾朵，忽有鴻雁一雙，斜斜飛過，極雲霄之縹緲。

她也是深閨女子，識得幾個字已是萬幸，然而嫁娶的命數終究由不得自己。縱然讀得懂詩裏的人間傷心事，又如何躲得開這桎梏？縱然如洛陽婦人一般嫁入貴戚，過上驕奢的日子，又是否得償所願？

自古女兒家，所求所願不過是得一人心。而她，或許奢望，那人還能讀懂她的心。若歌詩對答，琴瑟和鳴，即便在鄉野品粗茶、當壚對賣酒，也是她心之所想。

當雁行消失在視野盡頭，芳青收回目光，不為人知地輕嘆了一聲。

此時的她怎會想到，不過數月之後，崔氏族長便做主將自己許給了雲起——那個曾經隔着千山萬水，以詩撩她心弦的妙人。

得知消息的時候，她忽然覺得，這浮生，或許還有些意趣。

那些鎖在閨房深處的幻想，卓文君與司馬相如一般的佳話，是不是因了這個人的出現，真有實現可能？

芳青抱着無盡思緒與喜悅出了嫁，誰知往後的境遇，卻由不得她想像了：

二人新婚不久，夫君便拋下幼妻老母，匆匆離家進京——她明白，那是他為了奔赴家族的前程；拾起所有的勇氣，帶婆家前去京城尋夫，卻聞知雲起突遭飛來橫禍——她明白，那是他為了照全自己的顏面；陪伴丈夫謫居山野，親自洗手做羹湯，並沒有得到幾分注意——她明白，那是他為了生計煩憂而無暇關懷；替他的安危日夜擔憂，悉心打料府內家事，仍被一再忽視——她明白，那是他陷進朝鬥的漩渦後難以脫身……

芳青面上裝出一副雲淡風輕的模樣，卻不得不暗自輾轉，一路開解自己，直到再也開解不下去。

她病了，病得無藥可醫。因為對症的藥，從來不肯回望她一眼。

她的夫君是個大詩人，是國之棟樑，眾人仰慕的公子，也是盡責的一家之主。他自有踏破門檻的知音，輪番彈琴酬唱，哪有時間跟她對答呢？他還得花費心思與同僚交道，與友人計策，抽出空暇予家人飯蔬錢糧的照料……她還有甚麼可埋怨呢？

於是芳青嚥下滿腔清愁，繼續悉心打理家事，照顧婆婆弟妹，甚至在夫家落難之時求母家相救——大家族最是勢利，當中的周旋並非容易。

殫精竭慮，只願他那十九骨摺扇也遮不住的公子之姿，依稀如舊。她得到了他許多許多的感激，卻沒有愛。但她從未有過半句埋怨。

天上沒有一動不動的星辰，地下卻有靜默一生的人。

她的教養和他的周全，讓她連使小性的機會都沒有。然而那些未填的慾望啊，在暗夜裏徘徊，噬咬她的心肺。

芳青甚至羨慕起了明月，那個雲起故友託她照顧的遺孤，至少小女孩是明亮的、勇敢的，如同一簇點火的柴。而她自己，因了太多的掛礙，心事難言，只得做隻撲火的蛾。

他永遠不會知道，她身披鳳冠霞帔，紅衣素手欣然嫁入王家那一夜，雖是垂眸頷首，胸中卻湧動着幾多的愛意。

「君為女蘿草，妾作菟絲花。」她想起他好友鹿陽的一句詩，夜話花燭，本欲與他共賞。尚未鼓起勇氣啟唇，卻聽到他客氣而疏離的聲音，言說自己即日便要啟程京師趕考。於是那話，也就嚥了下去。

從此便嚥下了一生。

「姐姐，你有這樣多的念頭，為何不說給他知道呢？」倒是明月聽了芳青的故事，替她頗為不平。

「話溜過嘴邊，總也出不了口。」芳青垂下頭，自嘲地笑笑。

是說不出口嗎？許多的時候，她獨自熬過漫漫歲月，反覆在想，自己那份堅韌不渝的愛，愛的究竟是那個人、那個泡沫，還是自己的青春年少？

或許，她愛的一直是自己的幻想，而雲起只是投影與寄託——從未真實存在於她的生命之中。

這次哭過我就不哭了。她這樣想着。然後下次繼續這樣想。

彷彿永遠不會快樂了。心有所憾，便無法快樂。

但她始終未有半句埋怨。

由生至死。

1 出自王維《洛陽女兒行》。

2 詩評選自《唐風定》、《唐宋詩舉要》、《唐詩別裁集》。

# 下卷・天闌

# 復沓

殘夢難就，生死茫茫。

雲霧氤氳了半座峰巔，與記憶中很是不同，如今這山間已久杳人煙。

上山的獨行人沉浸於心事，路遇舊時山洞，驀然抬首，才發覺已至早春。

在山路間行進的他憶起往事，舉頭望向巒間。似乎有人站在一團縹緲雲霧之中，看不清面容。山風襲來，沙沙在耳畔作響。他不禁打了個寒戰。

山木孔高，林壑孔深。君子曷吁？斯恨曷極！

「五年前途經此地時，我知道我應當來看望你的，然而我沒有。」

林中驚起幾隻鳥雀拍打翅膀。他忽地自言自語，也不知在跟誰說話。

勸君更盡一杯酒，西出陽關無故人。洶湧的虧欠和思念如山間雲霧一般，瀰漫不去。

有樵夫身着蓑衣氈帽，隱在山霧間，隔水遙遙相問：「公子還在上山？找到宿處了嗎？」

他擺了擺頭，暗中告訴自己，一切已然過去。

強自按下心中刺痛，他方才繼續邁步，向山上行去。

一切，如今確實過去了。

# 國破

國之不國，蒼生何辜？

火光淒厲照亮天際，箭矢橫飛，到處都是衝天的黑煙。染着血色的風撕裂呼嘯，城頭戰旗似落葉般墜下，被途經的馬蹄踏碎。東西各處，人煙斷絕，千里蕭條，萬里哀號。

王儲拋棄了臣僚子民，逃離時還順便帶走京城的核心兵隊，因而如今這座城池只剩下些殘兵餘勇。守城士兵早已軍心渙散，無抵抗之意，只顧着四散逃命，哪還有人管城中百姓的死活！

叛軍如入無人之境，關中形勢由此一片大亂，盛世氣象一去不返。

對於玉真公主的忠貞殉國，雲起實感震撼。奈何自己卻是心有掛礙，不能如她那般遂應本真、盡忠全義。

他永遠忘不了，那日在兵荒馬亂之中，他如何護着母親弟弟以及妻子內弟一家，隨皇室大軍逃出了宮城——而後自己卻要折身返還。

「此去一別，未知何日再會。蘭叢務必要顧好母親，我將王家一脈交託與你了。」

這些年過去，胞弟的個頭長到比他更高，辦事妥帖，性子也是堅穩，分去雲起不少家族的重負。好在小妹已經嫁人，所嫁之地遠離戰亂，稍可安心。

「大哥放心，弟弟自當盡心竭力。」蘭叢拱手作揖，神色亦是肅然。

崔氏自馬車而下，跌跌撞撞往這邊走來：「那芳青……」

「母親放心，我這就回去找她。」雲起明白母親囑咐的意思。

崔氏面露不忍，但終究沒説甚麼，取下臂上的珠串交到雲起手上：「佛陀有云：『若能轉境，則同如來。』此一轉境，你待何意？」

雲起摩挲着佛珠的清涼，斂了斂心神，斟酌片刻答道：「心隨境轉是凡夫，境隨心轉是菩薩。意指無論何時何地，順境逆境，以心轉之則為上？」

「我兒如此説，已比凡夫俗子高了一層。但我仍希望，你能看到另外一層：世間一切法相皆是眾生的循業妄現：境由心轉，妄由心生，只要見境，無論轉與不轉，妄心即起。凡所有相皆是虛妄，但取妄相，即墮輪迴。不隨境起，如如不動之心即是如來清淨本體——這才是『若能轉境，則同如來』。」

聽了母親的勸道之言，雲起似有所悟。在城郊外的荒野之上，他鄭重伏身跪下，雙掌貼地，衣袍沾污泥濘也全不顧，滿腔酸楚地拜了三拜：「恕兒子不孝，未能護得家人周全。此行奔波遙遠，萬望保重！」

送過母親弟弟，雲起心中稍安，又想起病重的妻子，當即打道回城，快馬加鞭往府邸趕去。

戰亂當中民不聊生，路經的滿地周遭一片淒然，往日繁華盡皆打亂，街上賣玩意兒的車台東歪西斜，不堪卒目。雲起竭力使自己轉開眼去，可越是心痛，越無法忍住不看。

直至在一大批湧來的人群中望見一個熟悉身影，原是京中有名的裱畫師，雲起高聲喊道：「老王師傅？你這是要走嗎？」

對方牽着幼女，背上的包裹鼓鼓囊囊，從人潮當中抽身過來：「雲起公子！是啊，我一聽說消息，趕緊攜家帶眷逃難去了！」

「您的技藝世代祖傳，如此這番離去，家中基業都不要了嗎？」雲起的許多畫卷都由這位師傅所裱，是老主顧了，上個月的新作還在他的鋪內，「縱使政權更迭，總要手藝人來做活啊。」

「雲起公子這就有所不知了。亂兵入城，都要放任燒殺搶掠的，連命都留不住，還談甚麼家業！老夫便罷了，可憐女兒還小，拚了命也不能讓她落在胡兵手裏啊。公子也快跑吧！聽說那叛賊首領是個胡人，定然兇惡奸佞，很是危險！」

「多謝提醒，你快帶孩子走吧。」雲起聽了，不意過多解釋，於是二人分別繼續趕路。

念着老王的話，他心中愈發酸楚，想起當年為報私仇而助力康犖山，實乃失策之舉——

眼下這山河破碎、民不聊生的殘局，自己是否也該背負責任呢？

「雲起公子！雲起公子！」

趁着兵荒馬亂，城闕守衛鬆散，他入得門去，卻聽耳畔傳來喊聲。原來是幾位同僚攜家帶眷而來，當中有中書舍人幼麟，以及胄曹參軍少陵等人。雲起未有時間下馬，略一拱手示意。

「如今大軍進城，諸君都在逃出，公子為何不走，反而回城呢？」幼麟向來與他交好，焦急地問道。

「多謝兄台關心。拙荊重病臥床，在下要去看顧。」雲起忙着趕路不便多言，作勢相請，「城門將落，諸位先行一步罷！」

「公子此番留京，恐要遭受險惡之災。那康犖山手段狠辣，若知你在城中，定會抓去以儆效尤，或者迫你受降做事。」

少陵詩才絕冠卻官場失意，已過不惑之年，卻只做個看守兵甲、管理門禁的低階官員，俸祿又低，落得窮困貧饑，是京中人人皆知的憾事。當年雲起落難，也曾在鄉野任過此職，因而有同是天涯淪落人之感。

見這二人滿臉關懷跟他囑託，雲起束馬停下相對：

「禍福由命，生死在天，我卻絕不能棄妻獨活。更何況，縱是叛軍也要建立統治，若真被康犖山俘去，我也願意拚着性命説上兩句，勸他約束大軍、善待百姓，明白漢人『水則載舟，水則覆舟』的道理。」

「這……從來世事難兩全，公子俠肝義膽，重義重情，實在令人佩服啊！」幼麟聞言也是為難，再出聲已然哽咽。

「今日一別，不知何時再會。」少陵動容地拱了拱袖，「老夫留詩一首，且做臨別相贈。」四方邊角不絕，野老少陵滿面風霜立於亂世當中，環顧殘破不堪的城池，喟然慨嘆：

國破山河在，城春草木深。
感時花濺淚，恨別鳥驚心。
烽火連三月，家書抵萬金。
白頭搔更短，渾欲不勝簪。[1]

「公子珍重，若到萬不得已的兩難之時，當以性命為先。只有保全自身，方可救世救人啊！」少陵吟畢短詩，低聲言語兩句，匆匆跟上幼麟，跟隨人群趕出城去了。

雲起馭馬而行，一路賓士，反覆咀嚼着少陵所作之詩，琢磨着他的別離贈言，心思也隨着馬背起伏震盪。腦海忽而升起鹿陽臨終之筆，那草草寫就、攥在掌心交給他的，卻是瀝血泣淚：「親小人、遠賢臣的昏君，何必侍奉？」

幸好雲起的宅院離城門不遠，夕陽落逝之前，他終於得以趕回。

推開門，府內是一片死寂。

下人都跑光了，桌椅被掀得亂糟糟，庭院精心栽培的盆栽盡被打翻。雲起皺了皺眉，提起衣袍邁過這些雜亂，進入後房。

「喲，公子終於來了！」獨自靠在病榻旁的明月正垂首抹淚，見他終於趕來，張口就沒好氣，「晚了！」

「甚麼？」雲起心一沉，快步奔到床前。

女子的面容明淨如初。雖然受了這些年病痛奔波的折磨，瘦到脫形，但她閉上的眉眼寧靜，似乎還露出微笑。唯獨呼吸已停，沒了生命氣息。

初見芳青是何時呢？雲起拚命地想。

大約在新婚當晚罷，他揭開蓋頭，濃妝蓋住了她幽淡的眉眼，看不清晰。至於此後，他被世事捆了手腳，束了意志，再沒心思細細瞧她。其實他心中知道，她一直站在身後的陰影裏，怯怯不言，卻默默為他打理周全。

影子總是不發聲的，但失了影子，還是完整的自己嗎？

虧欠太多，待要彌補之時，卻再無機會。往後這滿身的債，該去哪裏償還？

雲起仍是不能置信，伸出去探鼻息的手抖到無法自控，整個人方寸大亂。

明月看不下去，一把將他推遠：「人在的時候不珍惜，如今又裝甚麼深情？危急之時，你除了只叫人家撐住，還有甚麼本事！」

雲起劈頭蓋腦受一頓罵，蒙了：「你這是……」

明月的性子似鹿陽直率，點燃了也是一團火樣。她對芳青平日的冷遇早已不滿，加之對其驟然病逝的痛惜，難抑怒意爆發。

「芳青姐心裏在想甚麼，她懷着怎樣執念，你關心過嗎？」

「我……」雲起被吼得氣場全無，喏喏道，「未有時日……」

「她就睡在枕邊，你卻從未走近！」明月罵到興起，雖知失禮了，但也不管不顧，「雲起公子幾多英武啊，只有家國大業入得了你的眼，何曾理過身邊人？裝出一副仁愛模樣，卻是如此行徑，與置妻兒於不顧的枯淵又有幾分不同了？」

世間安有雙全法？雲起張了張嘴，想要辯駁幾句，全身力氣卻似被人掏空，陡然跌倒坐地。

「哼。裝出這副可憐模樣，就騙騙心軟的小姑娘罷了！要不是芳青姐臨終託付，我才懶得管你。」

話雖這樣説，明月還是一撇嘴，上前把人拉起，然後拍了拍手，轉身欲走。

「你去哪裏？」雲起一把拉住她，眼神放空。

從沒見過雲起公子如此失魂落魄的模樣，明月心裏好受幾分，怒氣漸漸散去：「唉，我去置辦芳青姐的後事。戰亂時分，只能一切從簡了。」

雲起恍惚很久才反應過這句話，啞着嗓子：「交給我來辦，你快出城吧。」

「都甚麼時候了，哪還能出城？你還是先顧好自己！」明月扶他坐下，輕拍後背幫他緩神，「方才好幾次官兵入府，都是找你的。要我說，別出去跑了，兵荒馬亂的不定被誰抓去，連死都不痛快！」

「此生有何意趣？被誰抓去，又有甚麼要緊……」雲起尚未回神，獨自喃喃，沒意識到手中一直緊握明月的衣袖不放。

明月終究不忍心抽出，陪他立了一陣，忽而嘆氣：「或許你就不該回來！」

後來的許多個暗夜，他也曾反側輾轉，質問自己是否不應去而復返？如果不是因為妻子，是否就跟隨大軍離開了？

可心底最隱秘處有個聲音告訴他，即使沒有芳青在府，他依然會回京。個中不可言明的原因，卻是連自己都無法面對的。

「是不該啊，可你也回來了。」最終，他只吐出如此一句。

「雲起公子何在？」一隊胡人打扮的士兵踢開府邸大門，打斷了他們對話。康犖山派來的人終於到了。

寒風凜冽，塵沙飄蕩，鐵騎的嘶吼聲，戰馬的喘息聲，百姓的哭喊聲，皆在耳畔清晰不絕。雲起與明月互望一眼，明白命運的齒輪已然轉到。

「我看誰敢！」豈料這時另一個聲音從士兵身後響起，卻是去而復返的阿栗。只見他出劍掠過幾人，潛到雲起身側。原來阿栗自從拜師李將軍，習武不輟，送明月去東籬山的途中又跟幾位俠客修行，此刻忠心護主，不肯隨大軍逃命，非要回來相救。

「不要打了。阿栗護着明月快走！」雲起剛剛目睹芳青的死，已是愧恨難當，不欲再見血光，伸手捂上雙眼。

那阿栗卻不聽，執意擋到雲起身前，手中長劍橫胸，目光凜凜瞪着官兵：「誰要動公子一根汗毛，先從我身上踏過去！」

畢竟是少年意氣，明知寡不敵眾，依然飛蛾撲火。他一劍劈出，登時撂倒了幾個高大的持槍胡兵，然而自己也受到功力反震，吐了口血。

「阿栗，我幫你打！」明月瞥了雲起一眼，決然拔刀而出。

她一臂遠遠探出，將圓月彎刀橫放，利用輕功之速撞在敵人身上，一時間血珠四濺，裙裾散開紛飛，彷彿血光中的翩翩紅蝴蝶。

---

1　出自杜甫《春望》。

# 蟄伏

都城失陷，形勢危迫，君主攜親眷者數百人倉皇逃離，宗廟社稷，都不復顧，沿途掠起幾多塵土飛揚。有王公欲毀財寶，不讓賊兵得到，聖上聞之嘆道：「賊兵得不到財寶便會搜刮百姓，將它們留給賊兵罷！」

「聖上仁愛賢明，眾人豈不感知？」有隨軍者附和勸慰。

「唉！要是朕當真賢明，便不至於信了賊人，淪落到如此危局！」皇上喟然嘆曰。此時貴妃隱於一旁，也是拂袖抽泣，不敢再發聲。

逃命途中慌亂，聖上為安軍心，不得已含恨處死了心愛的貴妃。他憶起昔年認康犖山賊子作兒、百般恩寵，甚至為此冤枉了張子壽、岐王等一眾賢臣，不禁悔恨至極，對月涕淚長流。

叛亂者很快建立新朝，以鐵腕手段，逼迫不願歸降的臣將盡皆殉國。京城被翻覆洗劫，百姓妻離子散，空氣中瀰散着血腥的味道。

令人沒有料到的，舊朝名宿、名動天下的雲起公子竟未以死明志，而竟然選擇了歸順偽朝！

原來城破那日他不及逃脱，於家中為賊所獲，後力竭而敗，明月更被敵兵擒去。遭受多重打擊，彼時雲起慌得站不穩步子，為保全故人之女以及眾人安危，權且接受了招安。

消息傳來，康犖山大為欣喜，封以重賞，對外晉封明月為郡主，實則軟禁府中，以作脅迫。

「貪生怕死」、「軟骨頭」，不出所料，在天下人看來，他不忠不義的行徑難以原諒，鋪天蓋地的蔑罵朝他洶湧襲來。

沒人知道，接過任職的那夜，金黃聖旨攤落地上，火盆裏噴出苗星，雲起焚盡了曾與枯淵酬唱的畫稿，似與以往的自己告別。酒至酣醉，他對着滿爐的灰燼，終於直呼對方名字，哀聲泣訴：

「枯淵啊！我何曾不想前去東籬山探望，在心裏最苦的日子同你一敍？只是此生難明，又有何顏面相見，在你墳前起弦風雅！」

亦少有人知道，雲起表面上假侍偽朝，但稱病不出，甚至暗服瀉藥以為託，成日跪在佛堂焚香獨坐，以禪頌為事，任憑來人如何徵召也不肯上朝。暗地裏，他還用朝廷賞賜的銀両苦心周旋，保全一些未能逃出的舊臣家眷。

然則康犖山小人得志，不會允許他這樣太久。

雲起被強行招去之時，正值痢疾病發。他雙腿無力，還要衛兵一邊一個扶着，方能慢慢踱步進殿。

左右侍衛將他重重按倒，他趴在地上，被迫跪拜行禮。

「哈哈哈哈！上回見面還一副翩翩公子的樣子，怎麼連站都站不起來了？」

那康犖山本就是粗獷暴戾的性子，以前強裝文雅，現下終於不再壓抑，放聲嘲笑。

雲起此刻無力爭口舌之快。他也明白，蠻人當政，踐踏仁義禮儀——此刻的這座宮殿，不是詩文可以得勝之所了。

他幾將銀牙咬碎，和着血吞了下去，方才哽咽發聲：「望將軍念在同族故人之舊，放了明月。」

「不准喊將軍，要喊皇上！」胡人打扮的士兵一巴掌打過來，登時又是一口的血。

座上之人揮了揮手：「你也這麼說？哼，她一見我，當先求的就是你的性命！你們二人，真是情深義重啊。」

「亡者所託，不敢相負。否則恐怕故人魂歸，入夢索命。」雲起將口中血水吐出，狠狠地說道。

「呵呵，雲起公子還信這個？」康犖山滯了一滯，終究軟下去，「她……又不阻我大業，我要她的命做甚麼？」

他接着清清喉嚨，話說得極順，像背好的一樣：「倒是雲起公子，名動天下聲震九州。如今改朝換代，何不為我所用，大展宏才？」

雲起默然片刻，轉而振衣發聲：「你真認為得到了天下？」

康犖山仰天大笑，聲震滿堂：「西京長安已在囊中，近日又得東京洛陽，這漢室天下難道不是我的了嗎？」

說着，他命象奴牽來上苑馴養的大象。

此象為舊朝供養，常於皇上飲宴之際擎杯跪獻。當年這等宴會，康犖山只得在旁陪侍，那時他便心懷豔羡，蔭下不良之念。今日反叛得志，想要照樣享用，以示威猛：「我當天子，就是那無知禽獸，莫不都感格效順。」

不料那象卻通人性，望見南面而坐的不是前時的天子，盡皆僵立不動。

「給我獻酒！」康犖山大吼。

象奴勉強把酒杯送到象前，強行要牠擎着跪獻。誰知那象卻用鼻子捲過杯來，拋擲開去，抵死不獻。

左右盡皆失色，康犖山氣得跳腳惱罵：「畜生可惡！」命人將大象牽出，盡行殺訖，以儆效尤。

雲起阻攔不及，不禁掩面長嘆：「獸類都知大義，人何以堪？」

「公子何意？」康犖山餘怒未消，橫了他一眼，「你是也想做那孽畜嗎？」

「在下不敢。」

雲起其實並不把自身性命放在心上，卻不敢冒險，白白連累了明月、阿栗等人，只得勉力進勸：「須知哪怕前朝，也有忠臣死諫。在下不才，舊病纏身難以上朝，唯願以御史之命死諫，助新政坐穩江山。」

「噢？」康犖山聞言，面色稍緩，「雲起公子有何言要進？」

雲起掙了侍衛的束縛，自覺俯身下拜：「大戰過後，軍隊屠戮之事常有發生。然得民心者得天下，在下懇求，善待手無寸鐵的無辜朝臣和百姓，以民為重，方能眾心歸附，真正得到天下。」

康犖山神情陰晴不定，指腹無意識地摩擦手中一柄馬刀，那刀看起來有些熟悉：「他們要是跟公子一樣順從聽話，我當然不會為難！這樣罷，公子盛名廣傳，就派你去安撫舊臣和百姓，勸勸那些老朋友。投降歸順者重賞，拒降頑抗者，殺！」

雲起再次跪拜下去，顫抖着聲音受了命，面上神情不明。

「不過話說在先，我會差人監督，要是心軟謀私、放了不該放的人，必定嚴懲！我知道你是國之大師，自然無畏生死，但那明月的小命……如今可還繫在你手中！」

康犖山補了兩句，終於露出兇狠之色。

待到雲起換上偽朝官服，振作精神，領着胡兵來到舊日同僚的府前，不出所料盡皆遭到嘲諷。

「自古有些『忠臣義士』，平日身居高官、享盡尊貴，談及『忠義』亦侃侃鑿鑿。及至危難大節，卻將這二字撇到一旁去了，只要保家避禍，甘心從逆，反顏事仇——明知所作所為招致千載罵名，也顧不得了。本王竟然不知，向來高節出塵的雲起公子也是這等樣人！」

這次抓的是寧王後人。老王爺在開戰前故去，如今繼承爵位的世子，未趕得及隨大軍撤退。得知要抓他們的時候，雲起自己已被軟禁，暗中傳信阿栗相救。但康犖山記得舊朝政敵，一進城便將寧王府邸圍住，所有人便逃脫不得。

作為皇族後人，小王爺倒繼承了寧死不降的氣節，縱使刀劍挾身、步履蹣跚而不退，侃侃作談，雪亮的眼神射向雲起——直望得他蹙眉垂首，不敢直視。

該如何勸呢？

他自可以忍辱負重，擔了罵名，但如何勸別人也如此？

康犖山派來的心腹監軍在旁盯着他，此刻高聲提醒：「雲起公子，此人不降，照皇上旨意該抓！」

雲起痛苦地別過頭，顫抖着下了命令：「抓吧。」

一群胡兵衝上前去，將寧王綁住帶走，掀起塵土滿屋。那監軍捏了捏自己的鬍子，補了句：「還有家眷一眾，都帶走！」

卻見雲起豁然邁步，拉住就要動手的士兵：「聖旨上說的是抓王爺，並未提及府中諸人。」

監軍瞇起雙眼，上下打量着對方：「這等不敬新皇的大罪，必然株連，還有甚麼好提的？公子可不要對故人心軟！」

雲起哼了一聲，昂首回道：「你這樣說，是想越俎代庖、替宮裏下旨意嗎？」

「我……我說不過你！」監軍氣得恨恨在他耳邊壓低聲音，「可如今可不是比言辭的時候了。你變賣皇上的賞賜，對叛臣賊子暗中接濟，別以為查不到證據！」

聞言，雲起不為所懼，振衣朗聲回道：「我只是奉旨行事。先抓主犯，待我進宮稟報之後，再行後事。」

不顧監軍的反對，雲起執意撤了兵，返回康犖山處交差。

康犖山聽了那心腹的報告，揮揮手讓他下去了，轉面露出不滿：「聽說公子對我不太盡心啊。」

雲起早有所料，不卑不亢地一躬身：「臣曾進言：歷來當權者，唯有收復民心，方能奪取天下。小王爺不肯降，自可收押勸服，其隨從家眷卻無過錯，應當寬柔以待，保全他們性命，替新朝博得善名啊！」

康犖山哼了一聲：「你果真這樣想的？」

雲起附和，又切切地求情許久，終於將此事掩了過去。

臨去前，康犖山躺在龍椅之上，斜眼瞥他：「我記得寧王曾經害你不淺，為何如今卻冒殺身之險去救仇敵的後人？」

雲起愣了一愣，這才憶起自己當年便在這金鑾殿上受了寧王構陷。那時自己年少不識事，而今世情浮沉，眾人的命運也都白雲蒼狗。

他嘆口氣，終究只苦澀言道：「救人便是救人，無所謂親故恩仇。這世上無辜的人太多，能救一個是一個吧！」

# 兩難

那日，新朝又派說客來訪。

「記得數年前的風雅集會，雲起公子一曲《山居吟》，才冠絕倫，極盡瀟然閒逸之事。」這次來的是舊朝故友樂山先生，他此刻已被康犖山招攬，加官進爵，「時至今日，公子深居宅府，青燈古佛，倒真過上了神仙般的日子。」

雲起不理會他的暗諷，按了按臂上母親留下的佛珠：「先生取笑了！亡母崔氏，師事大照禪師三十餘年，褐衣蔬食，持戒安禪。雲起心中哀痛，只願專心禮佛，志求寂靜罷了。」

近日接到來信，年事已高的母親在逃難途中病發離世。得知消息後雲起悲痛之至，成日以淚洗面、默坐誦經，禁肉食，絕彩衣，不久便瘦得皮包骨頭。未久，他更以此為由，上表丁母憂去職，但始終不被批允。

那樂山羽扇一收，目光移了過來：「公子謬言！當年你在舊朝也算是風生水起，為何如今卻託名不出呢？」

「如先生所知，在下罹患痼疾之症已久，志大才疏，恐難勝任主上厚愛，更兼丁母憂，實在無力上朝。」雲起望着眼前摺扇綸巾、意氣風發的政客，心生厭倦，「阿栗，貴客至，燃起香來。」

叛軍到來時阿栗與之血戰，傷狀慘烈，還是出於雲起的嚴厲制止，方才沒有繼續以命相搏。如今偌大的府邸只剩他一個僕役了，重活雲起都要親力親為，不准他做，只偶爾吩咐倒茶以待。

「如此託詞，就不必對老朋友講了罷！」清幽的香霧重又充滿屋內，欒山卻終於耐不住性子，「在下有一事相問。」

「先生請講。」

「方才已經同公子述道，改朝換代之事對我們做臣子的來說，不過是良禽擇木而棲，公子是否認同？」

雲起淺斟茶水，苦笑不語。

「公子若不認同，大可以與那些枉死殉國的忠臣一樣，何必歸順新朝、擔了這叛賊的虛名？公子若是認同，一味避世躲閃又是哪裏來的道理？」欒山說着憤憤不平起來。

「不妨直言，我欒山本也算一代名士，只因歸依新朝，毀了半生清譽。但我自己心裏明白究竟想要甚麼，這鋪天蓋地的罵名擔了也就擔了。」他語調激昂，一眼望向雲起，目光淩厲，「公子的心思卻叫人看不明白！」

「你說得對，大抵我的心思，我自己也不明白……」聽得對方陣陣激言，雲起也不生氣，只一味地低頭苦笑，「如先生所言，我總歸是根軟骨頭。只是這根軟骨頭，卻忘不了先生當年那首詩罷了。」

「噢？是哪一首？」樂山聞言，倒來了興致。

贈君一法決狐疑，不用鑽龜與祝著。
試玉要燒三日滿，辨材須待七年期。
周公恐懼流言日，王莽謙恭未篡時。
向使當初身便死，一生真偽復誰知。[1]

雲起的聲音輕輕淡淡，卻如一陣東風吹散了冰雪，吹得樂山收聲垂目，黯然神傷。他提及詩篇，正是樂山先生在舊年為求取功名的力作，說的乃是真偽邪正，日久當驗。如今良臣已叛，聽來卻成了笑話。樂山沉默良久，喘了一喘，方才找回自己沙啞的聲音：「你我都是此生無法分明的人，何苦再提這些呢？」

「我不在意外人的議論。生死無常何需懼，富貴榮華皆是空。」雲起說着，起身續了一壺茶，「只是我看不出死亡的價值，但又過不去自己心裏那一關。」

樂山望着雲起呆住片刻，忽而失笑：「原來公子，竟是心裏比我還要苦的糾結之人呀！」

大概明白多言無用，他起身揖禮，離去之前留下一句提醒：「還望公子明白，當今聖上雖拘於盛名，但對您的忍耐總有底線。若有一日觸怒主子，活在別人手下的後果還望三思！告辭。」

「多謝先生。請。」雲起面露不以為然之意，略一拱手，「阿栗，送客。」

屋內恢復了平靜，他走到書架旁懸掛的畫幅前，有些愣神。

阿栗送走樂山進來回稟過後，正欲離開，忽聽獨自發怵的雲起幽幽冒出一句：「阿栗，多謝你歸來相護。跟着我這個叛臣，受苦了。」

「公子哪裏的話！」阿栗慌忙作揖，「若非公子苦心周旋，我們這些下人哪還有立足之地！其他舊臣的家眷也都感念您保全之恩呢！」

「我能做的太少。」雲起撫摸畫卷，蹙眉長嘆，「國之不國，蒼生何辜？舊朝腐敗怠政，偽朝鐵腕暴政，受苦的還是普通百姓……」

順着雲起的手，阿栗望見牆上那幅畫卷正是當年枯淵所寄。公子燒了自己的畫稿，卻終究捨不得摯友遺作。

阿栗心頭一酸，想起老夫人生前每當鬱鬱之時，便會走進佛堂相拜，由此怯怯進言：「公子勿惱，阿栗再去燒一炷香？」

「你別忙了。」不料聽了此話，雲起並未眉頭舒展，反是仰屋興嘆，賦出苦澀半句：

宿昔朱顏成暮齒，須臾白髮變垂髫。
一生幾許傷心事，不向空門何處銷。[2]

阿栗本不懂詩，但聽着聽着，也能感到某股說不清道不明的憂懣湧上心頭。他不知如何勸慰失魂落魄的公子，深恨明月不在身側，唯有自己撓着頭皮進言：「公子的心思，別人不知道，但相信總會有人懂得。」

「是嗎？他若知曉如今發生的事，也該瞧不上我了……」雲起想了一會，垂下手來，「送去東籬山墳前燒祭的詩信，暫且擱下吧。」

康犖山念及雲起盛名，對其消極避世一再忍讓，但終究怒意爆發。幸得明月竭力相求，總算未予加害，只是發配囚禁在菩提寺。

胡軍來到府中，雲起強令還想抵抗的阿栗先走，自己甘願被押解，一路行往城郊寺廟。途中，他抬眼細看周遭，打量着滿目蕭索之境，不禁愴然淚下。

國破山河在，恨別鳥驚心。

這裏本該是蟬鳴聲聲、叫賣連連的鬧市，然而經過數日洗劫，哪裏還有昔日繁榮？車馬踏亂京師，烈火四焚，秋風瑟瑟，葉落空城，長安彷彿變作荒無人煙的煉獄，一片敗落的景象——這盛世已呈奄奄傾頹之勢。

然而就在火焰盡頭，似有甚麼從灰燼裏炸裂，力圖破繭而出。

夜漸深，風淩冽，孤燈如豆。

菩提寺冰冷，髒亂的稻草鋪在石床，紙糊的窗戶擋不住北風，寒意緩慢滲透進屋。遍地都是寫了又棄、棄了又寫的詩稿，開始尚是隸楷，到後面越發淩亂潦草，幾不可辨。

又一日挨過去了。若非擔憂明月生死未卜，還得留一口氣，否則這樣的日子，真不知活着有何意趣？正如明月所說，他總是叫別人撐住，這一回，自己又能否撐下去？

寺廟偏遠破敗，雖然條件極差，看管倒是鬆散。雲起禪誦完畢，愣坐桌前良久，一口氣吹滅燭火，屋內陷入完全的漆黑。

1 出自白居易《放言五首・其三》。
2 出自王維《嘆白髮》。

# 焚心

荒原茫茫，白楊蕭蕭。水霧繚繞升起，籠在天地之間，入目盡是一片濕漉漉。卻聽那人仰首長嘯，冷音破空而來，徐徐恍若隔世。

故人如斂長衫，端然靜穆，低眉信手，以舊曲謝知音。

在昔無酒飲，今但湛空觴。
春醪生浮蟻，何時更能嘗？
餚案盈我前，親舊哭我傍。
欲語口無音，欲視眼無光。
昔在高堂寢，今宿荒草鄉。
荒草無人眠，極視正茫茫。
一朝出門去，歸來夜未央。[1]

一旦出門宿於荒草之地，便將永歸黑夜之中矣。此乃詩人為自己所作的喪歌，筆勢橫恣，寫悲情而全以曠達出。

「枯淵先生！是你嗎？」雲起大驚，對方的面容不甚清晰，只露出半個灰衫身影，「何日來京？這京城已不復舊時模樣，找得到路嗎！」

故友的聲音低沉，幽然生怖：「雲起吾弟……此地乃是東籬山……你忘了……」

「東籬山？」雲起趕忙打眼環視，唯見天地之間水簾四起，暝曚難明，「我看不清啊！」

「你失了本心……見木不見林……」

「這是何意？請前輩教我。」雲起拱手揖禮，意欲上前相問。

不料對方退了兩步，掩面嘆息：「無須尊稱……不必多禮……你從來不聽……」

「我……」雲起愣了，惶惶欲言，被對方打斷。

「虛名浮利……蒙你志趣……凡塵俗事……竊你詩魂……」

「先生此言差矣！在下所思所求，從來並非名利二字！」聞聽此言，雲起乍然惱怒，語辭激烈地斥駁，「然而世道艱險，總得孤詣籌謀，方能護家人平安，救萬民於水火；方能不降其志，不辱其身！現下我時常在想，若真手握權勢，便不會對暴政無能為力，對愛人無藥施救，事到危急除了叫人家撐住，並無他法！」

須知他此刻困於苦寒之地，命在弦上，還要日夜為鹿陽、枯淵、玉真、芳青、母親等人的慘死以及弟妹、明月、阿栗等人的安危憂慮，更夜夜聽到長安百姓的啼哭哀號之聲，連綿不絕磨他心志，因此愈發自責其身。

面對盡沾血淚的泣訴，枯淵卻避開不答，轉而悠悠反問：「東籬山在何處？」

「甚麼？」雲起一時沒反應過來。

「詩心在何處，東籬山便在何處。」

雲起啞了，陡然跌坐在地，任由寒潭打濕周身。他被對方的思緒拉走，甚至忘記原來的問題。

良久，他才找回自己的聲音：「先生高人，所為何來？」

「我原是數百年前一抹孤魂，因執念未了而遊蕩至今……我是你，是鹿陽，是明月，是子壽，是少陵，是阿栗，是所有踏上這艱險世途卻仍心懷詩情的文人騷客，是任由胸中烈火燃燒生之快意的殉道者……但我也是花落，是草長，是小路盡頭的湖水，是天邊變幻的白雲……縱浪大化中，不喜亦不懼……」

流雲飄搖，清風長嘯，歷史的篇章在眼前翻過。雲起恍惚看到，枯淵果真是前朝舊人，因不事權貴而辭官，歸於山林之間，留下詩文無數。

隨着光陰繼續掠去，他立於長空往下眺望，卻發覺自己如同芸芸眾生，也終將成為史書上的一抹筆色。

再度發聲，雲起已經洩了氣性，盡是茫然：「先生教我，此生當何所寄？」

「若老子與莊周之道，松喬列真之術，信可以洗心養身……此話我託明月告知……只是信與不信，看你自己了……」

一語畢，水霧更又濃起，籠罩當中的影子漸次模糊。卻聽琴聲起，那人仰天大笑，邊吟詩邊轉身離去：

有生必有死，早終非命促。
昨暮同為人，今旦在鬼錄。
魂氣散何之？枯形寄空木。
嬌兒索父啼，良友撫我哭。
得失不復知，是非安能覺？
千秋萬歲後，誰知榮與辱。
但恨在世時，飲酒不得足。[2]

「枯淵先生！枯淵！」

魂瑟瑟，情脈脈，恨悠悠。他陡然召喚了數聲，卻見故人來去無杳，唯餘月色茫茫，一泓寒潭照鶴影。

「那日爭執，是我錯了啊……」

孤星枕雨夢，最後的低語呢喃，消溶在蒼莽的枯樹鴉聲裏。

當雲起從魂透碎夢裏驚醒，驟然睜眼，入目仍是菩提寺狹小破敗，以及窗外拂曉的天色蒼蒼。他倉促喘氣，向窗櫺方向伸出手，想要抓住甚麼——握掌，那裏是一片虛空，唯餘臂上佛珠的絲絲清涼。

夢未央，夜已殤，直到許久之後雲起才回過神來，天光已然亮起。他倏地起身，揉揉眼睛，在室內翻找起來。

年久敗落的內屋，椅櫈被拉倒一片。沒有找到火盆，雲起索性放棄了，徑直抱起散落滿地的抒情文作和畫卷樂譜，走向爐火。每一句詩，每一個曲調，都曾是自己嘔心瀝血的書寫，或某一時分靈魂的跳動，此刻在他眼中盡失了意義。

他一張張地讀畢，垂首默立許久，又一張張將其拋進火苗裏——彷佛祭奠逝去的光陰、從前的理想、遺落的風骨，或是丟失的詩魂……紙頁在染着紅光的火焰裏冉冉紛飛，碎片和炭屑四處激揚，他感到了某種毀滅的快感。

因為毀滅的時分，便是將其永久地留下。

眼見煙塵起，大約覺着焚得還不夠旺，他又從爐旁找來幾塊燃石，擱了入去。

火光剎時大盛，那些啼血的詩行，泣淚的，剜心的，都化作濃煙滾滾。又因這屋室狹小，濃煙簇成一團繚繞不去，嗆得他連連咳了數聲，幾要昏迷。

「啊！」火光當中雲起恍惚聽見，有人尖聲高叫，衝進室來，「你瘋了！」

居然是明月的聲音。

雲起猛然回頭，見到她平安無虞，心頭的擔憂終於落下，也不再一張張燒，乾脆揉了整團往火裏一拋。

此情此狀，明月不再發話，棄下手中提筐，徑直鑽進火堆，迎着熱浪上去，在炙紅的火焰中竭力搶出尚未燃盡的稿紙。她先用拂塵，眼見塵尾也燃燒了，不管不顧直接去火裏抓。

「何必呢，別抓了。」雲起勉力護她不被烈火燒到衣裙，一邊嘆道。

明月瞪他一眼，不及爭辯，只拚命搶救手稿。先將沒燒着的救了出來，又去火爐深處去抓那燒到一半的，直燒到手上滾燙也不在意，全身被照得通紅。紙張沾火便起，大多烘烘得着了，她顧不得燒手，好不容易掏出尚有完好的幾張，再踩滅火星，將餘下部份盡數收好。

忙活許久，直至爐內只剩灰燼，再沒了半片紙色，她這才放棄。

「咳，咳咳！」方才搶得急，濃煙嗆入喉嚨，明月重重嗆起來。

屋內仍是煙霧繚繚，雲起將窗櫺的格扇推開，清風徐來，疏散了灰塵。

明月打掉對方上來拍拂的手，喘了喘，找回自己的怒氣：「不是一早說好，咳咳，再怎麼苦痛也不會自殘自戕嗎？」

雲起無意辯解，翻出燒傷的膏藥，又為對方倒了杯涼水，方才緩緩言道：「原來你我，以及芸芸眾生，都只是史冊上的一筆。事過便罷，何必留下口舌為後人說！」

「哼，你在這菩提寺中悟了許久，便悟出如此道理？」

明月瞪他一眼，一手抓緊稿紙，一手撿起地上的拂塵，不接水杯。

許是萬念寂滅，又許是為她方才的舉動所感，雲起放下杯子，極有耐心地講述起來：「昨夜故人入夢，枯淵復生，卻說魂氣與山同，一切是真似幻，亦未可知。醒來頓覺，這世世熙熙、世人攘攘，爭的都是些無趣之物罷了！念念生滅，剎那之間。」

明月眉間輕顫，靈眸一閃，仍是鎮靜地回道：「如若已然去除了我執，為何還要燒盡？存與不存，不都是一樣嘛！」

「唉。」雲起慢慢踱步落座，神色有幾分倦怠，「既如此，那你又何必救出？」

「因我並不如此以為。」明月伸手拍盡衣袂的灰燼，忽而正色相言，「治世之理想，一時一事也，不必執着；學問之功業，千秋萬代也，無他，以命殉之。」

聞聽此話，中年男子愀然凝立，偏頭，望向少女方向。晨光打過來，滿屋飛揚的煙塵之中，她就那樣孤身一人閉目睵眼，嘴角輕揚，帶着某種疏離感，抱緊了手中殘餘詩稿，彷彿抱橋柱的尾生，面上湧現出一片寧靜。

寺內是突然而至的沉默，雲起垂首不語，儼然無言可對。

欄外風又重起，尚未燒滅的火堆再被吹動，光陰凝結住了，故人身影似在灰燼中若隱若現。

明月忽而泠泠發聲，放下拂塵，拎起地上歪斜的提筐，打破了停頓的時間：

「雖拘於斗室，想來康犖山不至於虐待，吃食是夠的。只是這茶道，就未必奉得全了。」

原來筐中所裝的是幾罐茶餅。

雲起不禁有些動容。如她所料，關在這僧舍深處甚為孤寂，每日能夠果腹尚且難得，茶鐺只得閒置已久。他原本記掛明月安危，是為故人所託，不料這小姑娘真懂自己的心。

「就知道你，寧可食無肉，不可飲無茶。」

說着，明月借來殘火，烹起一壺開水，又用茶碾將茶餅碾成細末，放進開水去煮。

杯內泛起芽色，茶香悠悠升起，舒緩了他的些許不安：「對了，你如何逃脫而來？」

明月手上一滯，癟了癟嘴，兩行淚珠淌下來：「是阿栗。他見公子被俘而救不得，居然想出一招，扮作報信衛兵找到軟禁我的衙府，拚了性命將我救出。只是……他叫我先走，自己拖住賊人，此刻恐怕已經殞命！」

京城另一邊的烈火裏，餘煙未盡，裊裊升入雲霄，燒的不是紙張，而是一個忠孝之人的性命。

她說着，卒然放下茶壺撲到雲起懷中，忍不住放聲哀哭出來。原來再怎麼裝作鎮定模樣，終究只是個桃李年華的姑娘家。

雲起聽得呆了，念起素日裏阿栗的好，想不到如此大是大非關頭，他竟有如此志勇，甚為觸動。他一隻手撫上女孩的秀髮，眼中也是淚流：「月兒不哭了，不哭了。阿栗俠肝義膽，令人動容……幸好他的家人都已出城平安，往後我們替他照顧周全，還要年年為他燒香，常記心中。」

待到明月情緒穩定之後，雲起躊躇片刻，心中記掛的事終究問出了口：「現下長安城……情狀如何？」

明月吸了吸鼻子，哀切述道：

「千家錦繡萬戶羅綺，如今盡皆埋沒胡塵……自入城以來，康犖山大掠文武漢臣，以及宦官、宮嬪、樂人等眾，長安府庫中的兵器甲仗、文物、圖籍，都被劫掠一空，宮室焚燒，十不存一。聽聞前日他又俘獲了數百人，遂為大喜，宴請諸偽官於東都禁苑凝碧池，飲酒作樂，得意地陳列御庫珍寶，還迫使梨園弟子及教坊樂工奏曲。」苑堂之上，眾樂人不覺唏噓，紛紛相對泣下。叛賊見此，露出兇刃以脅迫之：「飲宴歡樂，何以哭泣！左右查看，有淚痕者，斬！」

「驀地哐啷一聲，琵琶擲落，金徽玉軫散落了滿地。原是其中有樂工雷海清不勝其辱，怒擲樂器於地，高聲咒罵，面向西方失言慟哭。」

「康犖山於是大怒，當即下令，綁縛雷海清於試馬殿上，五馬分屍肢解，以示眾，聞者莫不悲痛……」[3]

聽到此處，雲起亦是涕淚漣漣，整了衣衫再度哭拜：「此等惡行，實在人所不堪！我等無能，不得救眾生於水火，生之何味！」

「不能在時局上有所助力，但總可以記錄一個時代。」那廂明月卻已回過神來，一抹面上淚痕，為他斟滿茶杯，「公子不若以筆為劍，詩中自有恩怨是非。」

雲起心頭一動，又想起枯淵所囑，不覺胸中意氣翻湧。

---

1 出自陶淵明《擬輓歌辭．其二》。
2 出自陶淵明《擬輓歌辭．其一》。
3 故事出自《唐詩紀事》、《明皇雜錄》。

# 分合

凜冬過，暖玉生。天下大勢，不過分合。

雖則君儲離京，但朝廷並未放棄抵抗。河南節度使率軍民堅守睢陽，保得運河不塞，牽制叛軍主力。朝廷得到江淮財賦的接濟，完成了從休整兵力到伺機反攻的整個過程，先後收復戰略要地，方才轉危為安，天下得以保全。

而長安城內一些江湖豪俠，也時常暗中襲擊叛軍官兵，攪得人心浮動。加之叛軍暴虐無道，日漸衰頹，不免內亂頻頻。

康犖山自從稱帝以後，所患眼疾、疽病越發嚴重，漸至全身長滿毒瘡——想起雲起當年的含血詛咒，他雖面上不說，心中卻暗暗發寒，懷疑真的是鹿陽夫妻歸來索命。再加上戰況不捷，他的脾氣越發火暴，動輒對屬下、子女打罵，鬧得朝堂內外盡皆人心惶惶，眾叛親離，最終竟被自己兒子和內侍密謀害死。

康犖山之子沿襲王位，卻把惡習也學了去，更加變本加厲地縱情酒色，貪圖及時行樂，不思進取。及至打起仗來，又無乃父之雄風，且戰且敗，很快便丟了京師逃亡而走——天道循回，當年他們如何逼得朝廷敗逃，今日便是如何倉皇收場。

各地亦是如此。一旦逮到時機，軍民便奮起廝殺留守的叛軍部隊。不過區區數月，偽廷終於在聲名狼藉中淪陷。

天日重輝，王政復辟，舊廷龍馭回京。

聖上年事已老，更兼逃亡受驚，心力交瘁，半不得已、半被脅迫之下，將皇位傳給了太子，天下這才得以保全。待到新皇整肅朝局，儼然一副百廢待興的局面。

於是開始處理罪臣。當年投降偽朝者，皆以三等定罪，囚禁於宣楊里的康犖山舊宅，等候發落。雲起此刻垢面蓬頭也在當中，跟曾來勸降的樂山等人擠在一起，如同待宰羔羊。

江山易主，是非功過又換了人說。雲起想着，輕嘆口氣念起佛號，不再睜眼。

御書房之內，新皇正在看奏摺，幾位議政重臣立於旁側。

「從賊之臣，譭謗朝廷，如陳琳之檄曹操多者矣。可恨至極！」皇上翻到處置降臣的奏疏，彼時落荒潛逃和這些年皇家顛沛的屈辱回憶漫上心頭，他耐不住怒火，忿而罵道，「一併處死罷了！」

蘭叢一路跟隨君儲，於危難當中建功，年少有為，如今已經位至刑部侍郎，乃是打定主意，要謀劃救兄的。他站在聖上身後聞聽此言，使了個眼色，時任尚書左丞的幼麟觀察着新皇神情，小心翼翼進了言：「啟稟聖上，微臣聽說降臣當中也有人含冤，比如那名士雲起，並非情願奉迎叛軍，被俘後不僅借藥託病不出，更尋機以接濟、暗藏等法，保全舊臣家眷。」

新皇聽聞，放下手中奏章問道：「真有此事？可有人證？」

「彼時京中，被他暗地保下的王公朝臣和隨從百姓不可計數，其中以寧王家眷為首，都願做證。」

原來當日，寧小王爺梗着硬骨頭不降，終被康犖山所害。然其家眷部下數百餘人，因雲起的苦力周旋得以保全。

皇上招來親眷相問，心有所思，口中喃喃低語：「雲起倒有賢善之相！然而他畢竟身為叛臣，又是名揚天下的人物，若輕易放了，恐怕難平眾口……」

少陵因在戰亂當中有功，已被授為左拾遺，出列言道：「臣聽聞，雲起被拘禁菩提寺後，仍時時心繫家國，更賦詩以為悼。」

「他既被囚禁，詩賦如何傳揚？」

「聽說是友人明月前去探望，私自抄錄，便流傳了出來。」

「明月？」聖上思忖片刻，覺得這名字有些耳熟，但想不起是誰，徑直下了命令，「召其入內，悉述當日情狀。」

原來明月既是鹿陽後人，在關中曾小有名聲，跟堂上諸君也是相識。她入了宮府，灑落大方地遵旨就座，娓娓道來：

「啟稟聖上：雲起公子委實不甘從賊。長安陷落之際，他便服痢藥、啞藥以自殘抗命，更拚死與康犖山相辯，力求保民。康犖山重他才華，又挾我為迫，強加偽官，仍不得手，只得押解於菩提寺內。後小女為人所救，涉險探監，言及凝碧池慘案，公子痛心斷腸，當即作詩以寄。」

聖上初見來人是個乳臭未乾的女孩，原不大在意，目光始終在奏章上。聽過如此一番有禮有節的稟告，他終於抬頭，眼含讚許地朝她望來：「是為何詩？」

明月不懼不亢，直視天子眼神，朗朗誦道：

萬户傷心生野煙，百僚何日更朝天。
秋槐葉落空宮裏，凝碧池頭奏管弦。[1]

秋槐葉飄落於靜寂的冷宮，凝碧池頭在高奏管弦。千家萬室都為滿城荒煙而感悲，群臣百官何日才能再次朝拜天顏？

玉階蒙塵，百樹凋零，歌舞昇平的盛世一夕之間不復存在。亂賊喧鬧，狂妄宴飲，在萬民泣淚和鮮血中尋歡作樂。雲起所哀悼的，不僅是對一個王朝的眷念，更是對歷史興亡的感慨，文明斷層的悲哀。

供述到此，明月有意哽咽住了，凝聲不言。這突然而至的沉默，更加深了激盪沸騰。

新皇也是滯了片刻，方才目光炯炯地發話：「朕於行道途中亦聽聞此詩，不勝悲感。尤其當中『凝碧池頭奏管弦』一句，十分痛惜，立誓必要討賊還京。」

「聖上英明。」明月提裙，俯身肅拜下去。

堂上朝臣見狀，紛紛附和噓嘆：

「危難之際，必有忠烈。想來雲起公子能作此詩，定是心向舊廷了。」

「若對其寬懷以待，為天下人作個典範，必能收復民心……」

聖上聞言倍感觸動，低頭沉吟不語。

眼看時機已到，蘭叢決然出列跪倒，目中蘊出淚光，叩首在地：「皇恩浩蕩，澤及草木。臣身為雲起胞弟，兄長有錯理當連坐，願削職為兄贖罪。懇求聖上成全，寬恕我那受盡磨難的兄長。」

因為有詩做證，更兼蘭叢自請削官相救，新皇決意以此為例，贏得天下人心——雲起最終得以從輕發落，僅降級為太子中允，不另施責罰。

他原本就被關菩提寺數月之久，後又直接拉去宣楊里舊宅，全無人身自由。歷經了出逃、病重、喪母、軟禁、牢房、被誣陷、被折磨等等煎熬，就如接連不斷的噩夢，常人都被摧毀心智，更別說雲起這樣多思多慮的性子了。待蘭叢接到被放出的兄長，已是枯瘦面黃，髮絲僅以竹節草草束起，乳白長袍磨成了灰黑樣式，跟街頭小販一般無二，此外身上還有多處細細密密的傷痕，而且眉宇間被削沒了銳氣，只透着一股絕望的淒涼，任誰看起來，都不復當年那位翩翩公子的模樣，着實令人心酸。

蘭叢含了淚，親自挽袖替兄長梳洗，帶他進宮謝恩，而後又派車送回府邸。

途經長安城，雲起撩開車簾——他似乎還能聞到木頭和布匹燒焦發出的氣味，看到尚未修整的斷壁頹垣，聽到百姓痛失親人的哭號哀鳴。

他輕嘆一聲放下簾幕，合上雙眼，不願再去看了。

待雲起謝過恩，終於回到家中，已近午夜時辰。他並未歇息，反而穿着破舊衣衫，直接進了側廳佛堂。

這宅邸荒置已久，窗外黑漆漆一片，燭火搖曳的佛堂，瀰漫出陰氣森森的氣氛。北風呼嘯，奏起天地間的輓歌。簷外有飛鳥撲棱着翅膀而過，其聲啾啾，其勢戚戚，在他心中劃下巨大的傷口。

他忽然明白，自然之聲的低沉或比悼詞哀曲更加可怖。

雲起捧起故去親友的靈牌，一塊塊擦拭，擺上靈位；又一位位點起香燭，插上三炷香。

遍地的長明燈發出幽幽光芒，他眼中淚流不止，心中哀痛難言。

曾經在他的生命裏，鹿陽宛如朝日熱烈，洶湧他的胸中意氣；枯淵彷彿是清涼的山泉瀑布，激盪他的畫意詩情；玉真就像心頭一顆明珠，不敢走近又不忍遠離；芳青似乎是瀰漫四周的空氣，不被注意卻始終隱在那裏；阿栗如同他的堤防，替他抵擋襲來的洪水滔天；而母親正是他所劃下的底線，要用生命去守護。

可是事到如今，鹿陽之死，帶走了他的少年意氣；枯淵之死，帶走了他的冰魄詩魂；玉真之死，帶走了他的矜傲；芳青之死，帶走了他的瀟脱；阿栗之死，帶走了他的壁壘；而母親之死，帶走他最後的執念……每一個離去的至親都在噩夢中朝他走來，那種救人乏術的無力感如刀折磨，教人夙夜不敢入眠。

甚至於，他還會想起當年明爭暗鬥的政敵，康犖山、李月堂、寧王……如今也都一個個離去，忽覺人生縹緲荒謬——想起早年母親的話，真乃萬法皆空，那些愛過的、恨過的、爭過的、鬥過的，最後盡皆沒入塵埃。

將靈牌一塊塊擺上佛堂的時候，彷彿某個曾經的自己也隨之湮滅。

家國殘夢，繞樑生悲。活下來的總不如死了乾淨，更不比死了容易！

他不懂死亡是甚麼，卻知但凡活着，便要牽掛，要受束縛，要去承擔——這擔子到底有多重，壓彎了他的腰，壓折了他的風骨——或許如枯淵所言，甚至壓沒了他的詩心。

想起早年曾對玉真信誓旦旦地說起「舉心動念，皆是因果」，不禁冷汗涔涔下。這樣的自己，還有甚麼顏面去見故人呢？無論是活着的人，還是那一方枯墳。

煙霧繚繞升起，佛堂之內終於傳來壓抑的哭聲。

1 出自王維《菩提寺私成口號》。

# 問心

天光微晞，京郊路長。轉出正陽門馳道，但見車燈銜接，煙月籠城樓。

重歸自由後不久，恰逢上朝之日到來。雲起與蘭叢前往幼麟、少陵府邸，拜謝二人的殿上相救之恩。幾人相約而行，共進早朝。

金殿上，新皇想起這裏曾坐過異姓之主，胸中煩亂，意起考驗群臣之心，要求眾人進詩以言志。

銀燭朝天紫陌長，禁城春色曉蒼蒼。
千條弱柳垂青瑣，百囀流鶯滿建章。
劍佩聲隨玉墀步，衣冠身惹御爐香。
共沐恩波鳳池上，朝朝染翰侍君王。[1]

弱柳垂掛宮門，流鶯繞宮殿百囀千鳴。眾臣着朝服在身，肅靜無聲，走上白玉階梯，只聽得身上懸掛的劍和佩戴物的聲音。衣冠端正的身上，沾惹了道旁御爐散出的香氣。幼麟先作一首《早朝大明宮呈兩省僚友》，引來少陵等人紛紛相和。立於人群當中的雲起，不知怎地，憶起自己初次入朝的起伏。

那時年少輕快，胸中只一股暢意，想着但凡盡力攀登，總能到達山頂。如今時過境遷，中間更發生了許多事。那些裂土封侯的志願轉眼湮沒雲煙，他的心境早不復當年。

人群熙熙，來往攘攘，一顧功成，一顧功敗。始終不變卻是那宮闕，巍峨佇立，默然不語，供世世代代的人們仰望。

「雲起？你的詩呢？」

有聲音在喚他的名字。他知道，與這世俗和解的時候到了。是和解，而非泥足深陷——這當中的差別，唯有自己心中清楚。

雲起想着，不自覺放聲而吟：

絳幘雞人送曉籌，尚衣方進翠雲裘。
九天閶闔開宮殿，萬國衣冠拜冕旒。
日色才臨仙掌動，香煙欲傍袞龍浮。
朝罷須裁五色詔，佩聲歸向鳳池頭。[2]

「不愧是名聞天下的雲起公子！此詩氣象軒冕，光華燦爛，真乃麟游靈沼，鳳鳴朝陽也。」新皇聽了身旁翰林供奉的附耳進言，面露喜色，大聲撫掌叫好，引來稱讚應和一片。

此次和詩，盡以闊大雄渾取勝，正合了聖上意圖一洗頹態、重振盛世的心意，於是大悅，封雲起為中書舍人，加集賢殿學士。群臣凡有詩詞出眾者，盡皆加賞。

曾經的苦苦追求，現今唾手得之。然而功名利祿，已非他所戀所求。

下朝，幼麟與少陵等人過來與他招呼：「雲起公子歷經磨難，如今詩意更上一層了。」

「幼麟兄見笑。」雲起略略回禮，「在下頹然已久，哪還有人記得我的詩作！」

「雲起此言差矣！」少陵飽經戰亂，鬢髮已白，面上的風霜更甚，卻還是一副直言的性子，「聽聞傳說，昔年宮廷樂師李龜年遇戰亂流落江南，一次在湘中採訪使的筵席上，唱出公子《相思》一詩：『紅豆生南國，春來發幾枝。願君多採擷，此物最相思。』熟悉的曲詞唱調，魂飛夢縈繚繚環繞，勾起眾人的去國懷鄉之情，恍如往日盛世重現——竟引得滿座遙望京中方向，泫然淚泣。」

雲起聽了，不禁心中戚戚：「真有此事?若詩歌還有些寄懷之用，那倒是在下有幸了。」

「確實如此。」幼麟在一旁續上，「公子是否記得，昔日有位李姓將軍，據說與你交好。」

「沒錯。我曾寫《老將行》一詩，皆是由他而起。」

「那便是了！聽聞這位李將軍雖年事已高，卻存着報國之心。雲起公子的詩名向來傳揚天下，連軍中長官也受觸動，收留了李將軍任職。而他因詩文激勵，在平叛亂的戰役中奮勇當先，屢建奇功——不僅得以報國，還圓了自己志願。可見詩歌真能撫慰人心，救人救世啊！」

國家尚文，後來輕文，然而分合起伏，最終藝術不過是回歸心靈。

雲起聽了這話，仰面長笑，倒比方才的加官進爵更為舒懷。

再訪香積寺，仍是在萬籟寂滅的黑夜當中。

孤月獨明，眾星朗朗。風聲翏翏，露沾衣，草木長。

回首半生，雲起自認污垢。或許能不畏人言，卻始終過不去自己心裏那一關——因而做甚麼都神散意懶，提不起興致。

這樣的日子挨過了幾個月，趁着旬假到來，雲起拜祭過亡魂，暫別蘭叢等人，意欲前往終南山山腳的佛寺小憩養神。

「好啊，那我與你同去吧。」

近日明月一直陪在京城，為鹿陽、崔氏、芳青、阿栗等故人燒香守靈，得知他的打算，如此說道。

聞言雲起面上淡淡的，心中卻泛了漣漪——只因俄然憶起，許多年前的山間寺廟，芳青也曾這樣說。甚至在更早以前，那位高傲的玉真公主也表達相同意思。只是彼時自己性子不耐，懶聽人言。

這樣想着，他心中不免生起對前人的愧疚，便應了明月之請。說是訪寺，其實此行雲起是為了登高臨頂，再度遙望京城，看看心中是否還會激盪起年少那一星半點的意氣。

戰亂時，官軍曾在此地一帶同康犖山叛軍作戰，香積寺慘遭浩劫，法器珍寶盡皆毀損和遺失。如今滿院荒草萋萋，蕭條的頹勢，正如這復辟的王朝一般，已經難回往日壯觀景象。

靜夜無聲，月照寒潭，唯有山風在耳邊呼嘯。江山、湖水、巖石、長空，盡皆埋在幽深無邊的寒涼與黑暗中。

他照舊披起外袍在院中散步，想着心事。

「既要上山，為何不去那東籬山呢？」明月陪在旁側，倒是個閒不住的，一手持着拂塵，另一手還要撿那散落路上的枝條，有一下沒一下地打着雜草叢。

「為何要去東籬山？」應對同僚，雲起慣會顧左右而言他，此刻也用了出來，「終南山路近，來往京城的日程也短。」

明月卻不被干擾，清亮的眼珠打了個轉，一語戳破：「因為你還欠枯淵一場相會呀！彼時我代你掃墓是局勢所迫，如今風雲落定，你為何還不前去？」

「……」

雲起噎住了，他本想再次苦笑帶過，卻鬼使神差將心事脫口而出：「我是有罪之人，惶惶不可終日，哪有顏面去見故人？」

「公子此言差矣！這世上，尚有無罪之人嗎？」不料明月聞言，卻展顏正色道，「即便是我，也欠了阿栗一條命，難道就不能活下去嗎？」

「活是要活的，只是……」

「只是你不能做個行屍走肉，不然就枉送了死去的性命！方才說到阿栗一事……我知道我的心結也是你的心結。但你知道我如何想通的嗎？有人救了我一命，我便要珍惜這條命，去救更多的人。人生行不通處，只因執念掛心，執着難放。其實轉念想想，政事之外，你還有詩文一途——須知詩文救過你自己，也救過他人的心。」

雲起驀地望住了明月，似要將對方望穿：「你小小年紀，哪來這麼多道理講？」

明月粲然一笑，她立着，似山花瘦落：「沒人告訴我甚麼道理，我便得自己想出——總還要活下去呀！」

想起女孩的身世，自幼喪母，在顛沛流離中長大，鹿陽看起來又是不管事的，更在不久前也逝去了，確是可憐。雲起暗嘆一口氣。

「不必為我可憐。」他沒說甚麼，明月卻彷彿看穿他的心事，雙手叉腰，舌底生劍，「我是芒草，飄搖、孤絕，卻又蓬勃。要說起來，我倒比你活得更投入呢！」

「是了。」雲起愣了半晌，倏忽展顏而笑，抱了個拳，「我倒要向你學學。」

他笑得眉眼舒展，星眸雪亮，似能融冰成雨——不用看那袍服是否潔白，不用管那面容是否清臞，但看眼中閃爍的純粹，恍惚間回到了數年前那個妙年潔白、風姿郁美的少年，明媚得召喚春天。

這一刻，就連向來疏闊的明月也呆住了。

二人談笑之間，步行至寺廟的門前，一片空曠高地——數年之前，他曾與李將軍同遊，也是在這裏遠望京城繁華，最終作出重返朝廷、身陷泥濘的決定。

此時此刻，雲起再次極目遙眺，隱約望見長安城睡在半明半暗、縹緲瀰漫的夜幕當中，彷彿隔着千盅酒後的煙霧在凝望世界。只有一點微明的燭火，被風吹得東飄西蕩，卻執着不滅。

他心中怦然而動。即便身處黑暗，我可以做那執火人嗎？

正想着，他將如此念頭說與明月聽。未等對方回應，忽見遠處有火光依次亮起，原是城內的千家萬戶開始蘇醒。

點點白光在黑暗中搖曳，燈火寥寥，但至少不再是孤螢一個。

雲起面上浮現出了粼粼靈性，言道：「持火而行，仗劍長歌，於是沿途也會遇見知己。」

明月欣然頷首，卻不意發話。過了一會，只伸手指指萬里長空。

未久，黎明升起，天光大灑下來，遼落迂闊，其勢大盛。這股天地間勃發的光亮全然覆蓋了城裏的點點燈火，連煙雲變滅都看得一清二楚了。

他的鼻尖居然傳來馥郁幽香，那盈滿山谷的，是嶺上二月梅花。

「原來我都錯了！京城功名，不過是熒熒燭火。天地山水，方才是人間大道。」

雲起驀然大悟，轉身對明月如此言道。

曜日冉冉升起，只見明月裙袂浥露，披一身翠微，在風中輕輕拍手：「雲起公子說得真好，多謝你教我。」

「是你教了我呀。」雲起憐愛地撫了撫她的髮，「方才為何不發一言？」

「因為我不懂說甚麼！」明月狡黠地笑了，笑眼粲若晨曦，聲起則萬山相和，「那山谷只有回音，可是山谷會說話嗎？」

此言如同清雪，落入雲起緊蹙的眉梢，剎時掃淨靈台餘障。

他猛然想起枯淵的無弦琴，自己雖然嚮往，卻從未懂得其中真諦——原來大象無形，大音希聲，無弦所致無聲，或許正合天籟之音的清微淡遠。

寒梅，可以是一束寒梅，亦可是所有的寒梅。就像無音之音，是所有的聲音。

他合上眼，又倏地睜開，黑白分明之間已是一片清明透亮。

太乙近天都，連山接海隅。
白雲回望合，青靄入看無。
分野中峰變，陰晴眾壑殊。
欲投人處宿，隔水問樵夫。[3]

雲起薄唇輕啟，張合之間便是一首小詩傾洩而出。

層巒疊嶂的山峰幾近天際，延綿不絕伸往海濱，白雲濛濛漫漫，沒入青霧杳然不見——先寫山之浩渺遠景，再寫煙雲變滅之近景，尺幅萬里，遠近相交。景物或籠以青紗，或裹以冰綃，由清晰至朦朧，由朦朧而隱沒，令人回味無窮。

綿遠巍峨的山峰分隔星宿州國，川里的陰晴也各不相同，只有立足於最高處的「中峰」，才能收全景於眼底。詩人見此勝景，心有戚戚，於是末尾寫入山窮勝，欲要投宿山中人家——全詩有景、有人、有物、有聲、有色，以少總多，以不全求全，宛若一幅潑墨與留白交映的山水畫。

觸目生花，撫手成歡。

看來後半生要投的宿處，靈魂的安頓之所，公子今日尋着了。

1 出自賈至《早朝大明宮呈兩省僚友》。
2 出自王維《和賈舍人早朝大明宮之作》。
3 出自王維《終南山》。

# 血跡

無形之繩縛得久了，解開總要沾些血跡。

過了半月，待雲起回到長安，正在城門口撞見騎着一匹老馬踽踽獨行的少陵，他因窮愁之至，未將家眷帶在身邊，舉家遷徙也只一人：「老夫觸犯龍顏，被貶作華州司功參軍，此行正要離京。可巧遇見公子，權且在此別過罷！」

人生不相見，動如參與商。少壯能幾時，鬢髮各已蒼。[1]雲起想起少陵的詩，見他年紀尚輕便一副飽經風雪的滄桑模樣，既為對方的壯志難酬而感懷，又為其逃脫塵網而釋然，因而拱手抱拳：「少陵兄不必煩惱，在下很快便會跟隨而來，山高水遠，自當相會。」

「甚麼，雲起公子也要走？」少陵聞言大為失色，忙道，「公子不比老夫，近日又加遷了官職。既是位居高位，理應佈施仁義，活國濟人，如何能走？」

「致君堯舜上，再使風俗淳，先生懷國事、濟蒼生之心，教人佩服。」雲起懇切地讚嘆，「然則，在下性本蕭散，陷於樊籠浮沉許久，已是生不如死。如今眼見天下安寧，決意辭官，歸於林草。」

少陵尚以為雲起是在自謙，氣得翻身下馬，一骨碌差點跌在地上：

「公子錯了！聖賢說『有道則見』、『達則兼濟天下』——多少士子如老夫、張子壽、鹿陽等君，皆是仕途失意，報國無門。而你在得志之際卻棄了士子的根本，躲入山野偷懶嗎？未免故作清高！」

雲起既知辭官一事甚難解釋，卻沒料到，當先遇到的阻攔是這位野老，無奈只得按捺胸中意氣，竭力說得平心靜氣：

「我敬先生忠君孝親的志向。然先生請想，若心懷此志，則長林豐草與官署門闌有異乎？反之亦然，身處廟堂之上，無異於山林之中。光明照處，無所不遍，無往而不適也。」

聞聽此言，少陵頓了頓，還想說甚麼，淚染雙目，化出的卻是滿腔憤懣：

「公子大約沒有隨皇室流落四方，有所不知，這世上多少瘡痍，遍地生靈塗炭，實在教人夜不能寐——若不理這些，如何心安？如何得光明？」

雲起嘆息着擺了擺頭。

其實這些戰禍之亂，他留在城中，難道就沒有經歷過？只是對方尚有執念，自己也不便相勸，終究沒有發話。

少陵牽住那匹與自己一般孱瘦的老馬，遙望一眼落日黃昏，知道告別的時刻已經臨近。他拱了拱手，苦澀言道：「公子心意已決，老夫再勸也無用，唯有詩以寄懷。」

中允聲名久，如今契闊深。
共傳收庾信，不比得陳琳。
一病緣明主，三年獨此心。
窮愁應有作，試誦白頭吟。[2]

此可謂知音之作！全詩借古人影掠，敘事於無痕。惜雲起身負才名，卻遭艱難困苦之際遇，替他辯陷賊之事。

少陵的吟詩聲與鹿陽、明月很是不同，沉鬱頓挫，似要道盡人間苦難。枯木一般的面容，在夕陽斜照下溝壑縱橫，某一瞬間叫雲起想起枯淵。

這剎那之間的觸動，使得他居然說出了藏於心底深處的真話：「哪個朝代能把百姓放在心上，那才真正值得歸順。若是遇上親小人、遠賢臣的君主，又何必非要侍奉呢？」

雲起脫口而出之後，這才想起此乃曾經鹿陽的話。

而他自己，竟也變作鹿陽的性子，不再顧後瞻前，可以仗義執言。

這樣想想，他便不再在意少陵驚愕的眼光，反而心中充滿了喜悅——那是去除藩籬、重歸自我的喜悅。

與少陵作別以後天色已晚，雲起放下心事，步履輕緩地回到府邸，卻見蘭叢點起一盞燭火，在此等候已久。

要說胞弟蘭叢，書作平淡，不入上乘，但因人情世故皆通，在仕途上倒比雲起多了幾分稟賦。君儲流亡之時，他協助新皇就位，頗有謀略和功績，為輿論所推重，升至刑部侍郎。只是近日他因刑政失修、行事腐敗而被貶，正有些心情鬱鬱，急切探望雲起歸來共商對策。

「兄長終於回來了！」此刻蘭叢見他身影，放下手中書卷，迎上前來。

念起舊日落難，家人同心共赴，雲起不禁百感交集：「好弟弟，我彼時脱身得救，全靠你籌謀相助。在此謝過了！」

「莫要如此。你我本就是這世上相扶相持之人，自母親去後，更當彼此照拂。何必言謝？」蘭叢扶起雲起，面上湧起欣喜，「幸在如今雨過天霽，兄長受到重用，這不，聖旨剛下，又被升作尚書右丞了！」

雲起笑而不答，泡起一壺清茶，待茶香溢滿四室，方才徐徐說道：

「愚兄不才，意欲棄官歸隱，悟佛求道。往後王家一脈，交託你了。」

「兄長糊塗了！若說悟佛求道，未必要在山居古宅！」蘭叢聽了大為驚詫，忙勸說道，「佛心在，處處皆為廟宇。昔日母親便是如此啊。」

「關於母親，你我都未必盡解。」雲起不欲與之強辯，飄然落座，淺斟茗茶，「我如今對官道已然生倦，但求山棲谷飲，滅卻心頭火，剔起佛前燈。」

「……」蘭叢斟酌片刻，說道，「母親臨終前有句話讓我帶給你。」

「甚麼？」

「境由心轉，妄由心生。不隨境起，如如不動。」

雲起想了想，記起大軍離京前崔氏最後一次的囑託之語。想來母親一生禮佛，終於領悟大道，並希望授予兒子，助其脫離苦海。只是彼時他尚未開竅，仍然纏縛於外塵的境界許久。

其實這人生漫漫，煩惱即菩提，縱使佛法無邊，總要親身經歷「着相修行百千劫」，方可得到「無相修行剎那間」的真正開悟。

如此想着，他也不急於點化弟弟，而是悠然一笑：「逆境之為境，順境之為境，有相之為境，無相之為境。世道渾濁，我若想蹚，便以不動之心處之。但如今不想蹚了，便可離去也。」

蘭叢面露難色：「然……封官之令已下，你不在府中，所以我代你接下了。如今……聖意正眷，難道你想抗旨不遵？」

聞言，雲起笑而不答，從懷中取出一封預先寫好的上表之書，遞與蘭叢看了：

「……彼時陛下回鑾，矜其愚弱，託病被囚，不賜疵瑕，屢遷省閣。昭洗罪累，免負惡名，在於微臣，百生萬足……臣又聞，用不才之士，才臣不來；賞無功之人，功臣不勸。有國大體，為政本原。為扶中興之大業，須得眾士子甘願投報……

「微臣雖感聖恩，奈何無管晏之術，濟世之才。且當日沒於逆賊，不能殺身；負國偷生，以至今時。如今海晏河清，天下太平，不敢妄享虛名，佔位阻賢。但求盡削臣官，放歸田里；賜弟散職，令在朝廷。弟自竭誠盡節，並願肝腦塗地，隕越為期。臣當苦行齋心，奉佛報恩，娛性情、盡詩懷，為此盛世添一曲雅調……」[3]

見蘭叢越讀越皺眉，雲起笑着補了一句：「彼時聖上用我，是為按此典範，安撫民心，以示新政之寬宏。如今天下已定，無須再做姿態，我此時上文，責躬薦官於你，或許正中聖上心意。」

蘭叢見長兄的神態慵懶，甚至漠於論辯，只露出從未有過的執念與淡靜，彷彿看到某個去離塵俗的謫仙模樣，徹底慌了：「可……難得你我兄弟同列，怎能一走了之？為何不趁良機裨補國朝、興旺門楣啊！」

「為兄了解你的濟世心志，儘管展翅翶翔吧。不必念着興旺門楣，切莫野心過盛，但求自保便是了。」他拍了拍弟弟，「然則世事紛擾，唯老子與莊周之道，松喬列真之術，信可以洗心養身……」

忽聽琴音繚繚，水聲潺潺，雲起頓覺漫天的水簾幕又來了。他立於霧氣中央，粲然含笑：

「若有日你飛得倦了，東籬小屋隨時迎客。無論我在與不在，君自可解束縛，暢神抒懷，縱浪大化中，不喜亦不懼。」

當說出那句話的時刻，一股熱流湧入心頭，他意識到自己已如枯淵附身。

鬧了半宿，終於把不情不願的蘭叢送走。雲起在佛堂為亡魂點了三炷香，回到書房，桌上擺着張子壽新寄來的信。自從子壽被貶荊州大都督府長史，便是鬱鬱寡歡，病疾纏身。康犖山叛變之後，聖上追思張子壽當年的卓見，痛悔不已，意欲重新起用，但他病勢極重，難以返京。

雲起落座，定了定神，方才展信而讀。詩信當中，張公問到人生窮困與通達之理，哽塞不盡，大約仍有未想通之處，仍有不甘心。

沉吟片刻，他起筆紙上，既是作答，更為自述其志：

晚年唯好靜，萬事不關心。
自顧無長策，空知返舊林。

松風吹解帶，山月照彈琴。
君問窮通理，漁歌入浦深。[4]

年老之時唯好安靜，世間萬事皆不關心。自思沒有高策報國，徒知歸隱山間舊林。寬解衣帶對着松風乘涼，明月高照正可撫弦弄琴。

蘭叢在長兄面前，總還是一副晚生模樣，因而辯駁不力。但他方才有句話倒是對的：但凡不受慾望與妄念的左右，無論出家或在家，本無分別。正如歡喜與苦難並生，《壇經》有言：「雖即見聞覺知，不染萬境，而常自在。」

對於張子壽之問，雲起沒有正面作應，只是不語隱去：若人生窮通如何，我且唱起漁歌，划一葉扁舟，拈花一笑，駛向江河最深處——「滄浪之水清兮，可以濯吾纓；滄浪之水濁兮，可以濯吾足」[5]。

多日之後，當雲起再看到子壽的和詩，明白對方已聽懂他無言的回應：

松葉堪為酒，春來釀幾多。
不辭山路遠，踏雪也相過。[6]

他不語。不答。正如山谷沉默——它的回音便是回應。

不語之人並非無情，相反地，是心中藏着一份深情。遇見來自故鄉的人，或不牽腸，或不掛懷，只輕問一句：「來日綺窗前，寒梅着花未？」[7]

於無聲處聽驚雷。他似乎成了另一個明月。他豁然得悟。

---

1 出自杜甫《贈衛八處士》。
2 出自杜甫《奉贈王中允維》。
3 改自王維《責躬薦弟表》。
4 出自王維《酬張少府》。
5 出自《楚辭·漁父》。
6 出自張九齡《答陸澧》。
7 出自王維《雜詩三首·其二》。

# 上山

「我愛公子詩書，念起來齒頰生香，勝過世間所有的美酒佳餚。」

風吹翠竹，煙鎖重山。月照夜溪，清水自流。

再入終南，二人且行且聊，累了便歇一陣腳，這段上山的路途竟不復往日疲怠。

新沏的茶在杯盞裏散去餘溫，吹淡了香霧。立於崖頂山石上高瞻，可眺天街太極。他目光深長，凝望明月的身影。

她抱膝靜坐，垂首彎眸，青絲長髮散了身後，現出冷清寡合的氣質。

雖則明月入道，雲起信佛，但至於寂然之處，無有去來，一切法門自是相通。它們彼此含融，而又殊途同歸。如月之恆，如日之升。

空山新雨後，天氣晚來秋。
明月松間照，清泉石上流。
竹喧歸浣女，蓮動下漁舟。
隨意春芳歇，王孫自可留。[1]

執此心境，雲起終於吟出欣然可人之作。天色將晚，群山沐浴新雨，清泉在石上泠泠流淌，皓月透過松林灑落斑駁靜影。他本就工詩善畫，又精通樂音，此時漸入臻境，竟能將畫、樂之理融會詩中，相通有無。

所有逝去的故人紛紛歸來，離去的靈魂彷彿重回山間，與他同心攜手，閒情漫步，快意雅趣，一笑白雲外。

「我愛首兩句色韻清絕，清寒欲溢；更愛尾兩句天光工影，得大自在——正所謂不用禪語，卻得禪理。」

山林間，明月陪伴抒懷。

如此野逸之趣，原本唯有枯淵可以感同。現如今，二人歌詩對答，浣女、蓮動的田園之俗事，盡皆融入案頭之清供，由此體悟到山水之外，更有詩意審美的世界。

兩個靈魂碰撞，發出錯落有致的鳴響。

不過時日久了，難免也會倦怠。況且他尚有約未竟，還要去趟東籬仙境。

於是二人相定，或去策馬遠遊，或去花間探幽，或去釣寒江雪，各自探尋天地之奧義。江湖遼遠，有緣便當相會。

何時再會呢？

行於世間，或許是碧水溪魚，西湖半山前一盞清茶。或許是川谷環秀，大漠長河邊一道孤煙。但他知道，總會相見的。

她行前最後一句話是：別再為難自己。你為難自己，自有人為你難過。

人生行不通處，是為孽障在心，執着而不放下。悟道之後，外界與內界盡皆四通八達，無所掛礙。清淨心中，本無一物，更無一念，凡起心動念，即乖法體。

曾以為齧雪吞氈是大志，或許只是執念未了。他終於決定放下。

白雲青山外，世事兩蒼茫。春日暖暖，可緩緩歸矣。

「我終於來看你了。」

稀疏的霧色纏繞山頭，雲起自言自語着，行到東籬山巔的一片松林前。曾經的二人相會，現下已是天人永隔，他的語調染上哀切：「只是一切都過去了，我來得已然太遲。」

不知為何，在這樣的時刻，雲起卻憶起那日臨別前為叛臣樂山送行。

歷經數月監禁的樂山已是面色萎靡，見他來到，不禁口中吐出苦笑：「公子果真好命。」

雲起放下食盒也不惱，只如此言道：「你曾說過，我是個心中更苦的糾結人。」

「但我不悔，也不怨，這是自己的抉擇。」樂山不日便要被處決，但此刻仍咬着牙說，

「我先走一步了。」

「我隨後就來。」雲起說完，為對方斟滿茶杯。

他曾自認不懂生死，現在也不懂。但他以為，生死大約就是「你先走一步」和「我隨後就來」罷了。

佇立良久，他聞到遠處松針的味道，終於回過神來，拂葉入林。

草墳之上，桃花正開。夭夭其花，灼灼其華。

雲起恭敬地拂袖拱手，眼波含悲，對着墓碑行了三個禮。

「十年了，距離你我上次相見有十年光陰了吧！」

雲起踏向不遠處的一方石室。拂去灰塵，他將懷中古琴小心放上石桌。環顧四周，十年光陰畢竟留下了痕跡。清泉已枯，石室因年久無人而愈加髒亂。

當年並不是這個樣子啊！

當年歲月正好，清澈明媚。他赴他的千里之約，正是他們第二次相見。而後便是此生最後一次永別了。三次，高山流水知音，一生只得見三次。

背手，雲起獨立片刻，忽而喟然高嘯，有如鳳音，驚起鳥雀繞雲端。

高及人身的水簾幕再次出現，他微微瞇眼，感受着藝術之靈在周身纏綿。雲起恍惚化身為枯淵，像他當年那般沉迷樂中，世事兩忘。

直到過去許久，雲起才終於從回憶中抽身，抱琴來到墓碑前。朝陽和睦，晨露沾衣。光線披灑山谷，照得溪水熠熠發亮。雲起面色沖和，墳前桃樹落下的花瓣如霞，拂了他一身還滿。

「那次我若應了你的約，就此留在東籬山上，是否一切都不同了呢？」放下古琴，雲起開始打理墳頭枯草。懷中跌出一幅畫軸，他愣了愣，撿起置於一邊。

「當年我燒盡書畫，卻唯獨留下你的遺作。」他彷佛對自己，又彷佛對墓中人說道，「原來放不下的東西，終究還是放不下。如同我的仕途一般。天下，並非康姓的天下，卻也亦非李姓的天下。天下人，才是這天下的主人。天下事，急不過百姓疾苦。或許我也認同一朝天子一朝臣，即便如此，總也有個準繩。我的尺度便是蒼生無辜——哪個朝代帶給百姓安穩，那才真正值得歸順。」

面容滄桑的公子說完，振衣起身，定定望向墓碑：「如今海縣清一，天下歸心，我也可放下執念。從前那些未遂的夙願，未還的虧欠，現下一一彌補。」

七弦輕撥，泛音調起，一曲《憶故人》緩緩展開。久杳人煙的林間飄來一陣風，恢復了往日的空山幽谷。

「我已在山下購得一處住所，取名『惘然別業』。此情成追憶，當時卻惘然。後半生只願守在墳前，了卻半世餘緣。」

伴隨着緩慢沉穩、綿綿不絕的琴音，雲起似吟唱般呢喃，以歌詠志：

中歲頗好道，晚家東籬陲。
興來每獨往，勝事空自知。
行到水窮處，坐看雲起時。
偶然值林叟，談笑無還期。[2]

中年已有好道之心，晚年遷至東籬山下。興致一來便獨自漫遊，快意佳趣只有自知。在山間信步閒情，不覺到了溪水盡頭，似再無路可走，反而頓感開闊，索性坐下仰望風起雲湧。偶爾與林中老叟相遇，談笑之間忘卻歸期。

此曲遲緩，難在緩慢當中的把控力。所謂「羚羊掛角，無跡可求」。而雲起此時心境不同於年少時分，不重炫技，春花淡着墨，恰到好處勾勒出山中意境。以藝術入道，亦是追求真理。

不刻意探幽尋勝，而能隨處得悟，窮斷處即是通達，煩惱中自有菩提——唯有去除執着，像山間白雲那般無掛、無心，方可解脱煩惱、得到自在。可見詩人在一坐、一看之際已然頓悟，抵達物我兩忘之境。

舊日的樵夫現於山間，似是年歲更老，白髮垂肩，笑意藏進皺紋之中：「公子找到宿處了？」

雲起心下生暖，點了點頭，走過去與樵夫攀談起來。

散落在地的畫軸被風吹起，絹面紛飛——一個蕭索身影獨立如豆燈下，一把塵封古琴置於旁側。風掠過虛掩的重重大門，唯見庭院幽冷。

絲竹繚繞，東籬山乾冷的北風驟停。

水窮山盡，春和景明。雲霧重又升起，一切回到了開始的模樣。

---

1 出自王維《山居秋暝》。

2 改自王維《終南別業》。「晚家東籬陲」原句為「晚家南山陲」。

# 外卷・明月

灑脫不羈是好，但她並非生來就那般灑脫不羈的模樣。沒人生來如此。

她也曾是個怕黑的小姑娘，愛貼眉間一點梅花妝，愛在髮髻插上小小梳子，愛哭愛鬧愛撒嬌，只不過自打繈褓開始，便知哭鬧皆是無用的。

因她沒有娘。而爹是個落拓遊俠，成日以酒作樂，甚至連勾搭紅樓的俏佳人都不用避着她。長安醉花柳，五侯同杯酒。氣岸豪士前，風流他人後？[1]

旁人都說，沒見過這樣的父親。明月也覺得。不過話說回來，她也沒見過幾個父母親。

不過日子長了，她便視作慣常。

沒有同伴，沒有依靠，沒人說話，沒法存活。孑然，虛無，絕望，卻又蓬勃，這是生命的常態。如同荒野裏逆出火光，海平面捲開風暴。又似芒草，天然的野逸之氣。

也恐懼孤僻，每一場獨處的黑暗，是毒藥，也是烈酒，反釀造了醇厚。

父親教她飲酒，說蘭陵金樽，自可解憂。但她只嚐一口便嗆了出來，喉嚨火燒火燎的，自此以後，只能慢慢地舔。

她偏愛茶。寒食深爐，碧玉深甌。茗煙裊裊而起，鼻香茶熟，腹暖日陽——即便身處動盪之中，其實心底仍想要凝在骨血的和睦。

但她小小年紀便已明白，想得太多，實際上無能為力，那還不如不想。活下去，便是一切該想的事。

於是與人不寡合，與物亦接近。山川草木，秋色長風，朝餐晨露夜臥松。她甚至感謝父親，因了放任，卻教會她最重要的一件事：並未許多人都有運氣，或說勇氣，過自己真正想要的生活。縱然是天之驕子的雲起公子，也未必如願。

她生來動盪，卻因此得自在，落了個吟遊詩人的命格。

直到那日，她被康犖山手下抓去王府，才有生以來第一次嘗到禁錮的滋味。

「快給明月小姐鬆綁！我說了寬待，誰叫你們綁的？」康犖山躺在金殿玉榻之上，懶懶望了一眼這邊。

這卻冤枉了衛兵們。原本沒想綁她的，無奈雲起府中，阿栗搏鬥得太過兇狠，而後明月又幾度想逃，不得已綁上。

明月倒不在意，解開繩索活動一下臂腕，掏出懷中馬刀：「見過塔克罕[2]。聽聞我能以此刀換一個心願，小女不才，但求保命。」

她用突厥語侃侃而言，引得康犖山不禁正色：「你是故人之女，我自會保你性命。我族胡人來到中原，就像那離了草原的野狼，得要相互依存，才能活下來。」

「我所求的，並非自己性命。」明月挑了挑眉，「是雲起公子。」

「那就更不必求了。」康犖山仰天大笑，「雲起公子的名聲震動九州，我向來愛他高才，求賢還來不及呢，怎麼會殺他？」

「若他執意不肯降，也請留他性命。這便是小女所求。」明月卻不為所擾，鎮靜自若地說完，放下馬刀置於桌上，「塔克罕重情重義，定會圓我心願，母親在天有靈也會感念庇佑。」

康犖山大概沒料到，這小妮子竟有如此清晰的思緒，而且還有膽子借亡母之名威脅自己，但話又說得極客氣，教他無法發火，一時倒是愣了。

半刻之後他才反應過來，揮揮手，有胡兵奉命上前挾住明月：「我答應了，不過你也得給我留在這裏。去吧。」

她被關進一個黑漆漆的小屋子，每日只有僕人送來些飯食，再不見天日。她克制自己不哭不鬧，心知沒受更大的羞辱已是萬幸。可是幼年時候那些晦暗的記憶，卻在此時噴薄洶湧。

暗夜，噩夢一道道、一重重地襲來，反覆糾纏。

在夢中，她赤着足，孤身一人奔跑於極寒之地的荒原，四周是狂風呼嘯。她試圖叫喊，但所有聲音都被風聲消釋，融進了無邊的蒼茫……這便是吟遊詩人的宿命罷——在荒野上行走，跟英雄和小丑走在同一條路上，頌唱人間的秘密，為千秋萬代締造詩意的世界，卻總是不為人聽，命途凋零。

攀過一道陡峭的懸崖，又路過一片石楠花，她終於看見了湖泊。那是情人的眼淚墜落在地，化雲成雨。也將是她明日的墳墓。

驚醒，渾身發冷，手腳冰涼。她在黑夜中只能抱緊自己，不住地瑟瑟打戰，卻始終不得取暖。

難以存活，但也要盡力存活。因為活着即是道理。

這樣神思倦怠地不知過了多久，某個子夜，明月正窩在牆角假寐，忽聽窗外有個聲音細細地，像老鼠撓牆，卻莫名有些熟悉。

「……明月小姐，我來救你！」

「阿栗！」她猝然站起，極力壓低聲音，「你怎麼進來的？這裏太危險了，快走！」

那小廝扮作報信衛兵的模樣，大約是偷偷混進了府，言語中還有些嗚咽：「唔……公子被抓，阿栗救不了他……但阿栗可以救你！」

明月急了，還想再說甚麼，卻聽一聲驚響，似乎有人發現了這邊。

阿栗不再猶豫，持劍破窗，一把將明月拉出。果然兩人逃了沒幾步，便被人群追上。

「這王府後牆有個地洞，小姐別嫌髒，你先走！」阿栗勉力砍倒幾個官兵，推開明月大喊。

「不行，我們一起走！」她哪裏肯依，拚命躲閃，仍被亂刀砍中了幾刀。

「不要都死啊。你在公子身邊，比我更有用處！」阿栗向來不善言辭，此刻為了多擋幾個胡兵，只顧把劍舞得飛快。劍花掠過之處，漾起血光，有敵人的，也有他的。

明月捂住傷口還在遲疑，卻見越來越多的士兵圍過去，阿栗被打落了劍，眾人一齊將刀插入他的身體。他大喝一聲，憑着最後的力氣挪動幾步，將敵人誘遠，從混戰中回頭望她，血痕淋漓的臉上，竟掛着一絲像他主人那般淡然的笑容：「走！」

她抹了把淚，轉身御氣而逃。眼淚和着血風，像焚成灰仍在紛飛的蝴蝶。

因父親的身教，明月向來性子淡泊，不受束縛。

沒有束縛也就沒有牽掛。畢竟年幼，她其實從不相信，對一個人的情誼可以到達生死相從的地步。所以當初對芳青的深情不悔，她是極為不解的。

然而阿栗的死讓她頓覺，人可以活得這麼濃烈。

世上某一種人，生來並非為了存在，而是為了燃燒。燃燒才有光，哪怕是剎那的光亮。

她甚至有生以來第一次理解了父親，理解了母親——那種飛蛾撲火的決然。

痛哭過後，明月在一夜之間有了牽掛。

雖然她原是灑脫不羈、無可無不可的，但現在卻要竭力替阿栗活下去，替他完成執念，保護雲起公子在這荒涼殘酷的世上不受傷害。

想必雲起因為有更多的牽掛，更是時時活在重負之中吧！在理解父母的同時，她也理解了牽掛的對方。

流光過隙，人何在？飄零久。

往後的日子，她一邊照顧雲起，一邊被雲起照顧，年歲漸大，也懂得更多世事——才知道牽掛久了，那思念便會自然地滲入骨血。

天大地大，無論去了何方，她始終念着他。並且知道，對方也是。

記得最後一次聽雲起公子奏琴，那人目臥幽而瞑，眉間聚起清氣，拂手，專注的神色讓旁觀者也不禁陷了進去。那才是他原本的樣子。

她明白了，而他還不明白。所以她要離開，讓他自己了悟。

踏上遙遠的吟遊之路，是為了，有朝一日回來。

不相見，不相見來久。

> 日日泉水頭，常憶同攜手。
> 攜手本同心，復嘆忽分襟。
> 相憶今如此，相思深不深。[3]

本是攜手同心，卻嘆如今分隔兩地。想問一句，相思深不深？

雲起一生從未寫過情詩，縱使寫了也在菩提寺的那場大火裏燒燬。如今她去到天涯海角，他卻不斷寄來詩作，韻律未整，倒正合了她恣意妄為的心性。

他終於活成了五柳先生的模樣。而她，願做他的接輿[4]，他的高山流水。

直至那日，明月又收到一封書信。信中洋洋灑灑描繪一番東籬山腳下「惘然別業」的春來景象：

> 當待春中，草木蔓發，春山可望，輕鯈出水，白鷗矯翼，露濕青皋，麥隴朝雊，斯之不遠，倘能從我遊乎？非子天機清妙者，豈能以此不急之務相邀？然是中有深趣矣！無忽。因馱黃檗人往，不一。山中人王維白。[5]

此情此景，寫得詩中有畫、畫中有詩。春山映着春水，白魚與白鷗相對，麥上青青，露色正新。文末戛然一句：「倘能從我遊乎？」

你這等天機清妙之人，何時再同我共遊天地間呢？

她唇角輕揚，是時候相會了。

1 改自李白《流夜郎贈辛判官》。

2 塔克罕：突厥語中首領之名。

3 出自王維《贈裴迪》。

4 春秋時代楚國著名隱士，名陸通，因不滿時政，剪髮佯狂不仕，故稱楚狂接輿。

5 節選自王維《山中與裴秀才迪書》。

# 參考文獻

## 一、詩文

### 王維

**詩（按出現次序排列）：**

《相思》《桃源行》《息夫人》《偶然作六首・其三》《獻始興公》《不遇詠》《少年行》《老將行》《竹里館》《重酬苑郎中》《哭孟浩然》《洛陽女兒行》《嘆白髮》《菩提寺私成口號》《和賈舍人早朝大明宮之作》《終南山》《酬張少府》《雜詩三首・其二》《山居秋暝》《終南別業》《贈裴迪》

**文（按出現次序排列）：**

《請施莊為寺表》《與魏居士書》《責躬薦弟表》《山中與裴秀才迪書》

### 陶淵明（按出現次序排列）：

《歸園田居・其三》《擬輓歌辭・其二》《擬輓歌辭・其一》

**李白（按出現次序排列）：**

《玉真仙人詞》《關山月》《長相思二首》《月下獨酌．其一》《贈孟浩然》《流夜郎贈辛判官》

**張九齡（按出現次序排列）：**

《望月懷遠》《答陸灃》

**杜甫（按出現次序排列）：**

《春望》《奉贈王中允維》《贈衛八處士》

**其他：**

《詩經．小雅．小明》

《楚辭．漁父》

曹操：《短歌行》

曹植：《七哀詩》

阮籍：《酒狂》

賈至：《早朝大明宮呈兩省僚友》

白居易：《放言五首．其三》

貫雲石：《清江引》

## 二、專著

（按成書時間排列）

（南朝）沈約：《宋書．陶潛傳》

（唐）李肇：《唐國史補》，又稱《國史補》

（唐）孟棨：《本事詩》

（唐）薛用弱：《集異記》

（唐）鄭處誨：《明皇雜錄》

（後晉）趙瑩：《舊唐書．王維傳》

（北宋）歐陽修、宋祁等：《新唐書．李林甫傳》

（北宋）司馬光：《資治通鑑．唐紀》

（宋）計有功：《唐詩紀事》
（南宋）劉辰翁：《王孟詩評》

（明）邢昉：《唐風定》

（清）高步瀛：《唐宋詩舉要》
（清）沈德潛：《唐詩別裁集》
（清）盧麰：《聞鶴軒初盛唐近體讀本》
（清）褚人獲：《隋唐演義》
（清）張文蓀：《唐賢清雅集》
（清）王士禎：《唐賢三昧集箋注》
陳貽焮：《王維詩選》
陳鐵民：《王維新論》《王維年譜》
吳啟禎：《王維詩的意象》

## 三、文論

江徐：《不語的王維，心中藏有一份深情》

周公子：《李白和杜甫説：在盛唐，有一個人比我倆都紅……》

# 《上山》同名主題曲

作詞／演唱：吟光
作曲／編曲：雲龍
混音：趙剛／沐源 Studio
特別鳴謝：陳久根／造樂九廠

春風得意　馬蹄急
鼎沸鐘鳴　竭心力
座上他眸亮如星　七弦蕉葉靜聽
酒過幾巡　這浮生忽而有趣意

天地為屏　草木為衣
溪谷鳴琴　桃源仙境
他斜目臥幽而瞑　卿去寒潭照鶴影

二月上東籬　見山色蒼茫空回音

奧德賽啊　奧德賽啊
你一直逃避着自己
虛名浮利　蒙你詩趣
尋不見山的蹤跡
絕弦一曲　不覓知音
白幔淒淒　火光厲厲
城池這遍地泥濘　竟無一絲清白乾淨
漫漫灰燼　見國破家亡驚碎心

奧德賽啊　奧德賽啊
你何時找回你自己
血淚哀啼　磨你氣力
東籬山隱沒雲裏

琴樂起　醉迷離　他狂蕩恣情
明月泠　她坐看雲起

奧德賽啊　奧德賽啊
你終於找回了自己
水窮山盡　入你夢境
故人心藏進畫意

天地
www.cosmosbooks.com.hk

書名　上　山——大唐詩人的傳奇故事
作者　吟　光
責任編輯　林苑鶯
美術編輯　楊曉林
出版　天地圖書有限公司
香港黃竹坑道46號
新興工業大廈11樓（總寫字樓）
電話：2528 3671　傳真：2865 2609
香港灣仔莊士敦道30號地庫（門市部）
電話：2865 0708　傳真：2861 1541
印刷　亨泰印刷有限公司
香港柴灣利眾街德景工業大廈10字樓
電話：2896 3687　傳真：2558 1902
發行　香港聯合書刊物流有限公司
香港新界荃灣德士古道220-248號荃灣工業中心16樓
電話：2150 2100　傳真：2407 3062
出版日期　2021年9月／初版


ISBN ： 978-988-8550-05-0

香港藝術發展局
Hong Kong Arts Development Council 資助

香港藝術發展局全力支持藝術表達自由，本計劃內容並不反映本局意見。